나는 아직 여기 있어

이름 없이 살아가는
수많은 존재들에 관하여

나는 아직
여기 있어

에이미 네주쿠마타틸 지음
후미 미니 나카무라 그림
신소희 옮김

책읽는수요일
Books are Wednesday

나의 부모님이자 내 인생 최초의 경이로움이었던

파스와 매튜에게

이 책에 대한 찬사

이 책은 우리가 비범한 것들에 둘러싸여 있음을 알려주는 진정으로 경이로운 에세이다.
—『나쁜 페미니스트』, 『헝거』 저자 록산 게이

이 책은 산문에서 눈부신 성취를 거둔 시인이 부르는 찬미가다. 글 하나하나가 반딧불, 플라밍고, 원숭이, 계절풍, 유년기와 모성, 백인들의 세상에서 갈색 피부로 살아가며 겪는 시련과 승리에 관한 방대한 예술과 진실을 짧은 분량 안에 압축적으로 담아내고 있다. 이보다 더 우아하고도 생생하게 자연사와 개인사를 엮어낸 책도 없을 것이다.
—『상상하는 법』의 작가 스콧 러셀 샌더스

『나는 아직 여기 있어』는 내가 반딧불이 된 듯 느끼게 함과 동시에 여전히 미시시피주 중부의 숲속에서 뛰노는 흑인 소년임을 일깨워준 최초의 책이다. 이 책은 걷고 달리고 도약하며, 무엇보다도 권력과 인간과 문자 그대로의 자연이 고통스럽고도 아름답게 씨름하는 세계를 딛고 서 있다. 이 책 자체가 경이로운 세계다. 이 책은 온 세상을 뒤흔들어 놓을 것이다.

　　　　　　　　　　　—『헤비』의 작가 키스 레이먼

때로 우리는 지구상의 경이에 감탄하고 압도되고 당황하고 황홀해하는 법을, 이 세계의 경이로움 앞에 넋을 잃고 경건한 사랑에 빠지는 법을 일깨워줄 스승을 필요로 한다. 『나는 아직 여기 있어』는 그런 우리가 바랄 수 있는 가장 훌륭하고도 관대한 스승이다. 이 책은 그 자체로 경외감과 몽상에 도취해 있는 동시에 우리에게 도취하고 몽상하고 사랑에 빠지는 법을 알려준다. 이보다 더 중요하거나 놀라운 가르침을 나는 생각해낼 수 없다.

　　　　　　　　　　　—『기쁨의 책』의 작가 로스 게이

에이미 네주쿠마타틸의 문장은 한껏 살아 있음에 대한 경외감으로 반짝인다.

　　　　　　　　　　　—《커커스 리뷰》

한국 독자들에게

"이것 봐! 저것 좀 봐!" 우리 인간이 가장 먼저 입 밖에 내는 말 중 하나입니다. 아이들은 인생 첫 단계에 흔히 이렇게 외치곤 하지요. 이 잎 좀 봐! 저 달 좀 봐! 그러나 아이들도 고등학교를 졸업할 때쯤이면 대체로 경이로운 감정을 남들과 나누려 하지 않아요. 다시 말해 아이들에게는 호기심을 품고 경탄하는 법을 가르칠 필요가 없다는 것입니다 (참고로 저는 대학원생 시절부터 유치원 아이들에게 문예 창작을 가르쳐 왔답니다). 아이들은 자연스럽게 그런 감정을 느끼니까요. 하지만 누구나 커가면서 자연에 대한 호기심과 경탄을 큰 소리로 표현하면 안 된다는 것을, 그런 행동이 사회적으로 허락되지 않는다는 것을 알게 됩니다. 그리하여 아이들도 서서히 놀라거나 그런 감정을 공유하려는 행동을 멈추게 되죠.

우리가 지구에 대해 경이와 호기심을 느끼는 어린 시절의 능력을 잃고, 더 이상 경탄하지 않으려고 자신을 억누르다 보면 우리와 다른 사람들의 삶과 마음도 상상할 수 없게 됩니다. 들어보세요. 여러분은 글쓰기에 있어, 나아가 살아가는 데 있어 변화하고 성장하고 싶은가요? 그렇다면 비밀을 알려드릴게요. 변화하려면 경이감을 느껴야 합니다. 여러분이 어떤 동물이나 식물에 관해 배운다면, 바로 지금 창밖을 나는 새들이 밤하늘의 별자리를 읽어 집으로 돌아가는 것임을 알게 된다면, 그런 현상이 얼마나 놀랍고 아름다운 것인지 깨닫는다면, 대기 공해를 일으켜 그 새들이 별을 볼 수 없게 하는 제품을 쓰기가 망설여지지 않겠어요?

그렇습니다. 인간이 우리 이외의 다른 생명(동물이든 식물이든)에 대해 경이를 느낄 수 없게 된 이후로 얼마나 많은 것을 잃었나요? 상상력과 경이감의 부족으로 지구와 우리 서로에게 얼마나 많은 폭력을 가했는지요? 이 숲을 벌채하는 일이 되새에게, 풍금새에게, 피리새에게, 휘파람새에게, 나아가 곤충과 나방과 개구리와 뱀과 도롱뇽에게까지 미칠 여파를 우리가 상상할 수 없다면 어떻게 될지, 생각할수록 아찔해집니다. 혹은 우리가 자신과 다르게 생기고 움직이고 사랑하는 생명체에 관해 읽고 듣고 알게 된 뒤에도 어떻게 여전히 그 생명체에 폭력을 행사할 수 있는지 자문해볼 수도 있겠지요.

경이감에 관한 환경 운동가 레이철 카슨의 에세이는 아이들을 어떻게 자연에 경탄할 줄 아는 지구의 보호자이자 파수꾼으로 키워낼 것인지 혜안을 보여줍니다. "(…) 경이감이야말로 이 세상 모든 아이들에게 주어진 견고하고 평생 지속될 선물이자, 노년의 권태와 환멸에 대한 확실한 해독제"여야 한다는 카슨의 소망을 떠올려봅니다. 연구에 따르면 낯선 문화와 환경에 관한 책을 읽은 학생들은 자신과 다른 사람들에게 더 깊이 공감하게 되며, 책에서 자신의 모습을 발견한 학생들은 더 큰 자신감을 갖게 됩니다. 살아가면서 경이감을 표현하는 것은 무척 쉽고 돈도 들지 않지만 한편으로 두려운 일이기도 합니다. 경이로운 감정을 그대로 드러낸다면 취약한 입장에 설 수도 있기 때문이지요. 하지만 바로 그것이 경이감의 매력이기도 합니다. 낯선 세상과 사람들에 대해 호기심과 **배우고** 싶다는 마음을 드러내는 것, 그런 취약함이야말로 우리가 전혀 다르게 살아가는 사람들에게 한층 더 온화함과 연민을 느낄 수 있게 하니까요.

저는 경이감이 우리에게 꼭 필요하다고 생각합니다. 몇 가지 이유를 들어 볼게요. 첫째로, 전염병이 유행하는 동안에도 우리 모두는 혼자가 아니며 서로 연결되어 있다는 사실을 기억할 수 있습니다.

이민자인 부모님은 제가 의사가 되기를 간절히 바랐고, 저는 화학 전공으로 오하이오주립대학교 의예과에 입학했습니다. 하지만 부모님이 미처 몰랐던 점이 있습니다. 두 분이 경이감을 느끼고 표현하는 모습을 보임으로서 제가 평생 자연 세계에 호기심을 느끼고 공부하는 사람이 되도록 자연스레 이끌었다는 점이지요. 어머니와 아버지가 플로리다의 정원에서 사이좋게 함께 일하는 모습이야말로 서로를, 그리고 온 가족을 향한 사랑의 언어였습니다. 아버지는 두 분의 정원에서 자라는 카람볼라나 용과 또는 다섯 가지 망고 열매의 모양이나 빛깔에 관해 열정적으로 이야기하곤 해요. 이 세상에 아무리 슬퍼하고 분노해야 할 일들이 많다고 해도 말이죠. 아버지는 강렬하고 매력적인 인도계 억양 때문에 직장이나 드라이브 스루 매장에서 조롱을 받기도 했지만, 그래도 항상 교외와 사막이 만나는 애리조나 중부의 하늘에서 별자리를 찾거나 휘파람과 물 몇 방울만으로 홍관조를 정원에 불러들이는 요령을 알려주곤 했어요(이제 저는 휘파람을 불지 않고도 그렇게 할 수 있어요. 파티라도 열면 최고의 볼거리가 된답니다!).

제가 아버지에게 배운 이런 삶의 방식은 오랜 시간이 지나 세계적인 유행병의 한가운데 있는 지금도 유효합니다. 천재적인 첼리스트 요요마는 이렇게 말한 바 있지요. "나는 날마다 내가 이해하지 못하는 것을 향해 나아갑니다. 그리하여 내 삶은 끊임없이 지속적이고 우발적인 학습으로 이루어집니다." 부모님은 평생 다양한 목소리, 특히 저와 다른 사람들의 목소리를 듣고 배울 수 있음을 보임으로써 온 가족의 마음에 경이감을 심어 주었습니다. 첨단 과학과 의학 학위를 받은 사람도 죽을 때까지 계속 지구에 경탄하고 호기심을 느낄 여지가 있음을 보여주었습니다. 저는 여전히 정원에서 토마토 잎 향기를 만끽하며 엄마 뒤를 졸졸 따라다니던 그 아이이며, 제 아이들도 어느 정도는 그런 마음을 간직하고 자라나기를 바랍니다.

둘째로, 경이감은 다양한 목소리를 받아들임으로써 문학을 단순한 거울이 아니라 우리가 살고 싶은 세상을 향해 열린 창으로, 우리가 지향하는 세상을 포용하고 반영한 더욱 온화하고 정의로운 세상으로 만들어줍니다. 저는 이 책의 상당 부분을 2016년 미국 선거 이후에 썼습니다. 우리 정부 지도자의 일부가 유색인종에 대한 공포와 지식/과학에의 불신을 부추기던 시기에는 경이감과 소속감에 대해 글을 쓰기 어려운 날이 많았지요. 하지만 글쓰기가 정말로 힘들었을 때도 내가 사랑하는 사람들을, 내 친구들과 학생들을 떠올리면 타자에게 경탄을 표현하고 호기심을 느끼는 것이 얼마나 기분 좋은 일인지 기억하고 되새기기가 쉬워졌어요. 이 책에서 저는 특정한 규범에 따르지 않으려 했습니다. 단지 독자들이 다른 생명체에 대해 더욱 상냥해지고 경이감을 느낄 수 있었으면 합니다.

저는 사랑하는 마음으로 이 책을 썼고, 이 짧은 에세이집을 읽은 독자들이 자연을 매개로 더욱 다양한 환경을 가진 사람들을 상상할 수 있기를 바랍니다. 또한 그들 부모님의 희망과 꿈 너머에도 또 다른 가능성이 존재한다는 것을 깨닫기를 바랍니다. 이 책 속의 동식물들을 알게 된 사람들의 상상력이 좀 더 커진다면 좋겠습니다. 우리가 느끼는 궁금증을 혼자 말고는 아무도 볼 수 없는 일기장에 적는다면 어떻게 될까요? 그 누구도 세상 만물을 알 수는 없으며 모두가 다른 사람의 경험과 지식에 의존하고 있음을 인정한다면 어떻게 될까요? 자신을 낮추고 겸손해진다면, 서로의 궁금증을 공유하고 나아가 세상의 크고 작은 경이로움을 나눈다면 어떻게 될까요? 우리 모두가 연결되어 있고 서로의 존재를 통해 서로를 이해하며 성장해 나간다는 것을 상기한다면 어떨까요? **경이감을 느끼는 습관을 가지면 살아가는 게 덜 외로워진답니다.**

너무 거창한 이야기처럼 들리네요. 그렇다면 소소하게 시작해봅시다. 스스로에게 물어보세요. 여러분은 무엇을 좋아하지요? 무엇을 두려워하나요? 무엇이 궁금한가요? 평소 궁금했던 것을 다섯 가지 말할 수 있나요? 우리가 이런 궁금증을 서로 나누며 교실과 가정에서 친구를 사귀고 공동체를 만든다면 어떻게 될까요?

제가 무엇보다 더 바라는 것은 여러분이 지금껏 전혀 몰랐을 동식물들에 관해 읽고서 아직 보거나 접하지 못한 다른 생명체와 사람들에 대해서도 더욱 다정해지는 것입니다. 여러분이 물고기들의 이름을, 작은 알들을 입속에 넣고 세심하게 돌보는 후악치를, 달과 별을 활용해 집으로 날아가는 길을 알아내는 유리멧새를, 아프가니스탄의 추운 밤에 아들의 턱 밑까지 담요를 끌어당겨 덮어주는 한 여성을 알게 된다고 생각해보세요. 그렇다면 그들에게 폭력을 행사하기가 힘들어지지 않을까요? 어떻게 그런 짓을 하고 싶겠어요?

저는 자연에 관해 아직 모르는 것이 많지만, 그래도 자연에 호기심을 느껴서 다행이라고 생각합니다. 호기심은 제가 살아 있음을 실감하게 하고 맥박이 빨라지게 합니다. 저와 지구를 공유하는 동식물들이 살아가는 방식과 그 이유가 진심으로 궁금하거든요. 예전의 취약한 상태로 돌아갑시다. 우리가 아직 모르고 **그럼에도** 기꺼이 배우고 싶은 것들이 아주 많다는 점을 인정합시다. 어쩌면 우리가 어릴 때 사랑했던 것에서 출발해 그 길이 어디로 이어지는지 두고 볼 수도 있겠지요. **경이감을 느끼는 것이 습관이 되면 살아가는 게 덜 외로워지니까요.**

저는 미국의 많은 곳을 보았고 이 나라에서 오랜 시간을 살았습니다. 그 경험을 통해 야외 활동이 미국의 보편 언어임을 깨달았지요. 즐거운 얘길 해볼까요. 어린 시절 부모님에게 새와 꽃의 이름을 배운 일은 정말로 즐거웠고 지금도 좋은 기억으로 남아 있습니다(기생초! 구아바! 채송화!). 이름이란 매우 중요합니다. 유색인종 여성의 이름을 아무렇지 않게 조롱하는 사람들은 대체로 비슷비슷한 족속이지요. 이름을 제대로 아는 것이 시작이자 끝입니다. 서로의 이름을 알아야 연결되고 상냥해지고 친절해질 수 있어요. 아직도 어떤 사람들은 진정으로 행복한 유색인종 여성

한국 독자들에게

• 15 •

이 나오는 에세이나 시를 위험하게 여기고, 그런 글을 읽으면 두려워하거나 화내거나 시샘하거나 심지어 의아해하는 듯합니다. 그 이유를 저로서는 짐작조차 할 수 없지만, 1970년대와 80년대 대중문화(책이나 텔레비전이나 영화 등)에서 아시아계 미국인은 거의 항상 고통스러워하거나 무감정한 모습으로 묘사되었고 그 점이 부정적으로 작용했다는 것만은 확실합니다.

『나는 아직 여기 있어』는 자신이 속한 공동체에서 소외감을 느끼는 이들만을 위한 책이 아닙니다. 항상 인생에 만족하지만(만족해왔지만) 어쩌다 보니 발걸음을 늦추고 자연을 바라보는 일의 의미를 잊어버린 사람들을 위한 책이기도 합니다. 이 책을 쓰면서 어깨가 훌쩍 가벼워지고 문장이 마음껏 펼쳐지는 것을 느꼈습니다. 길고 자유롭게 문장을 써내는 건 정말 즐거운 일이었어요. 저를 실제로 만나본 사람들은 알겠지만, 제가 이전에 몰랐던 동식물로 인해 흥분했을 때의 말투도 이와 비슷합니다. 그런 순간에 솟구치는 열정의 일부라도 독자들에게 전해질 수 있다면 저는 매우 기쁠 것입니다.

열두 살짜리 아이와 함께 산책을 나가면 순식간에 아이의 주머니가 보물로 가득해집니다(사실 제 주머니까지 꽉 차기도 해요). 도토리, 빨간 구슬, 케이크 조각처럼 생긴 돌멩이, 잔가지와 나뭇잎…… 사람들 대부분이 너무 바빠서 알아보지 못하는 보물들이지요. 이 책은 말 그대로 혹은 비유적으로 주머니가 빈 채 살아가는 사람들, 이 지구를 공유하는 이웃들에 경탄하는 법을 잊은 사람들을 위한 것이기도 합니다. 우리가 다양한 목소리에 귀 기울이고 경탄할 수 있다면(여러분이 **경이감을** 되살리고 다시 배운다면) 더욱 온화하고 정의로운 세상을 위한 토대를 마련하는 셈임을 상기시켜 주는 불꽃이 될 수도 있겠지요. 한마디로 말해서, 세상과 타자에 대한 호기심을 잊지 않는 이상 이 지구에서 지루해지거나 외로워지는 일은 없을 겁니다. 지식을 갈망하세요. 무엇보다도 남은 평생 **어떤 것이든** 배우려고 노력하세요. 상냥해지고 호기심을 가지세요. 이 세상은 경이로움으로 가득합니다. 여러분이 해야 할 일은 놀라워할 수 있는 마음을 간직하는 것뿐입니다.

차례

한 달을 셈하지 않고
매 순간을 새기며 사는
나비의 시간은 길다.

라빈드라나트 타고르

개오동나무
CATALPA TREE
Catalpa speciosa

미국 서부 캔자스주에 사는 갈색 피부의 두 여자아이에게 개오동나무 잎은 초록색 양산이 된다. "피부가 그을면 안 돼, 너무 검어지면 안 돼." 우리가 중서부의 사나운 햇볕 아래로 걸어나갈 때면 엄마는 그렇게 주의를 주곤 했다. 매일 방과 후 스쿨버스는 나와 동생을 라니드주립정신병원 앞에 내려놓고 떠났고, 그럴 때마다 버스 안의 친구들은 우리를 빤히 쳐다보았다. 나는 털실에 꿰어 목에 걸어둔 열쇠로 잠긴 문을 열고 동생과 함께 의사 숙소 안으로 들어갔다. 우리는 간식을 차려 먹고 분수나 철자법 연습문제를 풀었다. 그렇게 기다리다 보면 엄마가 전화를 걸어 진료실로 와도 된다고 말했는데, 10분만 있으면 엄마도 퇴근한다는 뜻이었다. 우리는 텔레비전을 끄고 현관으로 달려나갔다. 말랑말랑한 플라스틱 샌들을 꿰어 신고 한 블록 걸어가면 병원 본관이 나왔다. 널따란 잔디밭 군데군데 서 있는 개오동나무가 엄마의 진료실로 가는 우리를 지켜보았다. 환자 구역을 둘러싼 울타리 가까이 가면 안 된다는 건 동생도 나도 잘 알고 있었다. 환자들은 이따금 밖에 나와 농구를 하는 특혜를 누리기도 했기 때문이다(그래 봤자 세 겹으로 둘러쳐진 철조망 안에서였지만). 하지만 나는 갈색 3단 자전거를 타고 있을 때면 가끔 환자들을 흘끗거렸고, 그러면 어쩌다 한 명이 내게 손을 흔들어주기도 했다.

　개오동나무는 낙엽수 중에서도 손꼽히게 커서 높이 18미터까지 자라기도 한다. 주렁주렁 열린 납작한 씨앗은 기다란 열매 꼬투리와 날개가 달려 있어 멀리까지 퍼져 나갈 수 있다. 꼬투리 모양 때문에 시가cigar 나무나 트럼펫 담쟁이, 혹은 카토바catawba 나무라고 불리기도 한다[카토바는 개오동나무 잎을 먹고 자라는 박각시나방 애벌레의 이름이다]. 개오동나무의 커다란 하트 모양 잎이 부대끼는 소리는 바람세기를 측정하고 싶을 때 요긴하다. 뾰족한 이파리 끝은 1950년대 미국 영화에서 인생 첫 드래그레이스[단거리 자동차 경주]를 했다가 차 안에 밀크세이크만 엎지르고 패배한 불량소년의 곱슬곱슬한 앞머리 같기도 하다. 개오동나무를 집에 너무 바짝 붙여 심었다간 낭패를 볼 수도 있다. 바람이 유난히 센 날이면 이파리가 워낙 요란하게 펄럭이기 때문이다. 하지만 개오동나무 목재는 훌륭한 기타 재료이기도 하니 그 정도 위험은 감수할 만하다고 생각하는 사람들도 있다. 게다가 이파리 소리쯤이야 대평원에서 들려오는 바람의 신음 소리에 비하면 아무것도 아니지 않은가?

개오동나무가 내는 소리에 이끌려 찾아온 박각시는 0.5밀리미터 크기의 알을 한 번에 5백여 개씩 낳는다. 알에서 나온 애벌레는 개오동나무 잎만 먹으며 지내기 때문에 까딱하면 잎을 전부 갉아먹어 나무를 말려 죽일 수도 있다. 대평원 지대의 아이들은 이 벌레가 좋은 용돈벌이가 된다는 걸 안다. 박각시 애벌레는 '메기 알사탕'이라고 불릴 만큼 효과적인 낚시 미끼이기 때문이다. 메기와 블루길 송어는 갑자기 물속에 나타난 애벌레가 의심스럽지도 않은 듯 덥석덥석 미끼를 물어댄다.

동생과 나는 엄마를 마중 나가기 전에 진료실 로비 자판기에 넣을 동전을 긁어모으기도 했다. 1986년 당시 '리틀 데비' 브라우니 과자는 35센트나 했는데, 우리가 용돈을 받는 일은 드문 데다 그 액수도 얼마 되지 않았다. 그러니 젤리 팔찌를 여러 개 사서 마돈나처럼 주렁주렁 차거나, 어쩌다 '데어리 퀸'에서 99센트짜리 아이스크림 샌드위치를 사 먹거나, 용돈을 모아 알록달록한 젤리슈즈를 한 켤레 더 사는 건 꿈도 못 꿀 일이었다. 그 나른한 소도시에서 우리는 '새로 온 의사네 딸내미들'로 알려져 있었지만, 우리 엄마는 대부분의 동료 의사들과 달리 자식들의 응석을 받아주지 않았다. 의사 부모님을 둔 다른 아이들은 최신형 하이톱 운동화를 예닐곱 켤레씩 가진 데다 벌써 인생 첫 스포츠카로 무얼 살 것인지 떠벌이곤 했다. 그 당시 동생과 내게 사치란 어쩌다 오후에 브라우니를 하나 사서 둘이 나눠 먹는 정도였다.

우리는 병원 접수대 직원에게 인사한 다음 엘리베이터를 타고 몇 층 올라갔다. 환자용 탁구대와 휴게실을 지나서 진료실로 들어간 다음 초콜릿이 낀 이를 드러내며 엄마에게 인사했다. "그러다 충치 생긴다!" 엄마는 쯧쯧 혀를 차면서도 항상 하던 일을 내려놓고 다가와 우리를 껴안고 뽀뽀해주곤 했다. 그 무렵 엄마가 어떤 상황에 있었는지 알게 된 건 오랜 시간이 지나고 나서였다. "꺼져, 짱깨야" "목을 졸라버릴 테다! 같은 인종차별적 조롱과 폭언을 내뱉는 환자들을 도우며 하루하루를 보내야 했다는 걸.

"선생님 억양은 못 알아듣겠네요"라는 백인 가족들의 미세공격을 엄마가 어떻게 견뎌낼 수 있었는지 모르겠다. 고향인 필리핀 북부의 작은 마을에서는 졸업생 대표이자 최초의 여성 의사였던 엄마를 말도 못 알아듣는 어린애처럼 여기며 큰 소리로 느릿느릿 말하던 사람들을. 하지만 엄마는 항상 성질 한 번 내지 않고 차분한 태도로 진단 내용을 다시 알려주거나 보고서를 작성했다.

엄마는 어떻게 그 모든 걸 진료실에 내려놓고 올 수 있었을까. 어떻게 바로 엄마 모드로 전환해 운동장에서 일어난 사건사고와 모욕과 승리에 관한 초등학교 5, 6학년 딸들의 수다에 귀 기울일 수 있었던 걸까? 숙소까지 걸어와 근사한 정장을 실내복으로 갈아입고 우리가 먹을 따뜻한 저녁밥을 차려주는 동안에도 엄마는 결코 일 얘기를 꺼낸 적이 없었다. 엄마가 종종 견뎌야 했던 난관을 알게 된 건 엄마가 샤워나 양치를 하는 동안 내가 엄마 방에 숨어들어 일기장을 읽어보곤 했기 때문이다. 그렇게 훔쳐본 내용들이 아니었다면 엄마가 겪은 일을 나는 영원히 몰랐으리라.

30년이 흐른 지금 나는 미시시피주에서 가장 큰 개오동나무 아래 서 있다. 내가 강의를 하는 미시시피주립대학교의 유명한 가로수길 한가운데 자리 잡은 나무다. 개오동나무 가지는 거의 버스 차체만큼 길게 뻗어나가기 때문에 군데군데 금속 지지대로 받쳐줘야 한다. 안 그러면 무른 가운데 부분이 부러져서 무심히 지나가던 학생의 머리 위로 떨어질 수도 있다.

이 나무처럼 길이가 흔히 30센티미터에 이르는 개오동나무의 잎은 내게 항상 무자비한 햇빛을 가릴 양산이자 빤히 쳐다보는 눈들을 피할 가림막이 되어주었다. 남부로 이사오면서도 계속 이 널따란 이파리들의 신세를 지게 될 거라고 예상했지만, 알고 보니 이곳은 내 인생 최초로 그러지 않아도 되는 장소였다.

우리 아이들도 생전 처음으로 나 말고도 피부가 갈색인 사람들을 매일 볼 수 있게 되었다. 남부의 이 지역에서는 아무도 나를 빤히 쳐다보지 않는다. 우리 집을 방문하는 부모님을 빤히 쳐다보는 사람도 없다(두 분이 정착한 플로리다 중부에서도 마찬가지지만). 은퇴한 부모님은 이제 뒤뜰에 정성스럽게 정원을 가꾸고 개오동나무보다 훨씬 이파리가 작은 나무들을 심으며 지낸다. 날마다 산책을 하고 나무를 돌보는 것, 죽은 이파리와 가지를 솎아내고 어릴 적 내 머리카락을 잘라주던 때보다도 더욱 단정하게 다듬는 것이 두 분의 낙이다. 나는 부모님 집을 찾아가면 엄마와 함께 과수원을 거닐곤 하는데, 그때마다 엄마는 그동안 정원에 일어난 소소한 사건들 이야기로 나를 즐겁게 해준다. "세상에, 얼마 전 허리케인이 닥쳤을 때 이 나무 꽃이 전부 떨어져 버렸지 뭐니? 아쉽지만 올해는 망고가 안 열리겠구나. 이 나무 기억나니? 반다[난초의 일종]가 가장 잘 자라는 나무인데. 이 나무 좀 봐, 이러다 새들이 열매를 전부 훔쳐가겠다고 너희 아빠한테 얘기했는데 들은 척도 안 하더라고, 왜 그러나 몰라?"

캠퍼스 안의 거대한 개오동나무를 지나칠 때면 사람들의 시선에 어쩔 줄 모르던 과거의 소심한 6학년 여자아이가 떠오르지만, 그런 한편 두 딸을 데리고 퇴근하며 힘차게 집으로 걸어가던 엄마의 또각또각 구두 굽 소리도 떠오른다. 사람들이 우리를 빤히 쳐다봐도 엄마는 신경 쓰기는커녕 눈치채지도 못하는 것 같았다. 동생과 내가 진료실 문을 열고 뛰어들어갈 때 엄마가 짓던 환한 미소, 우리가 구내식당과 체육관에서 있었던 일들을 들려줄 때 엄마가 웃던 소리가 떠오른다. 그리고 지금 1교시 강의 시간에 맞추려 달려가는 내 구두 굽 소리가 들린다.

아홉 시면 이미 무덥고 푹푹 찌는 공기 속에서도, 캠퍼스 안의 개오동나무는 아침마다 크림색 꽃망울을 피워 올린다. 미시시피주에서는 드물게 바람이 거센 해였고 토네이도 경보도 두세 차례나 있었지만, 나무는 여전히 제자리를 지키고 있다. 거대한 나무를 지나칠 때마다 나는 다시 그 이파리가 필요하게 될 때면 어느 잎이 내 얼굴을 완전히 가려줄 수 있을지 살펴보곤 한다. '넌 뭐야? 어디서 왔어?'라는 질문들로부터 나를 보호하고 내 정체성을 숨겨야 할 때가 다시 온다면 말이다.

반딧불이
FIREFLY
Photinus pyralis

매년 여름밤의 첫 반딧불이 깜박이기 시작할 무렵이면 엄마에게 안부 전화를 걸고 싶어진다. 반딧불이는 얇고 반짝이는 날개로 알아볼 수 있다. 고속도로를 따라 난 배수로에서 작은 불꽃을 터뜨리며, 다른 딱정벌레보다 한결 부드럽고 얇은 가죽 같은 속날개 위의 겉날개를 펼쳐 날아오른다. 이리저리 날아다니는 반딧불을 보면 여름날에 들려오는 왁자지껄한 웃음소리가 생각난다. 길가 어느 집에서 고기를 굽는 냄새, 막대사탕을 빠느라 끈적끈적해진 입을 헤벌리고 공놀이나 숨바꼭질에 열중한 동네 아이들의 모습과 함께.

어린 시절에는 여름휴가를 마치고 뉴욕 서쪽 교외의 집으로 돌아가는 길에 반딧불을 볼 수 있었다. 아빠는 뜨겁고 눈부신 여름 햇살을 피해 밤중에 운전하는 걸 선호했다. 동생과 나는 뒷자리의 커다란 아이스박스 양옆에 담요를 두른 채 앉아 있었고, 앞자리에서 부모님이 두런두런 이야기하는 소리를 자장가 삼아 깊이 잠들었다 깨어나곤 했다. 가끔은 두 분이 무슨 얘기를 하는지 들어보려고도 했지만, 매번 차창 밖을 내다보다 갑자기 스쳐가는 희끄무레한 불빛에 정신이 팔리게 마련이었다.

6월 몇 주 동안 그레이트 스모키 마운틴[미국 노스캐롤라이나주와 테네시주에 걸쳐 있는 애팔래치아 산맥의 한 줄기]에는 북미에서 유일하게 동조[여러 마리가 일정한 패턴에 맞추어 불빛을 뿜어내는 현상]하는 반딧불이 종이 모여들어 현란한 볼거리를 선사한다. 오래전 우리 가족이 기나긴 자동차 여행을 나섰다가 바로 그 지역에 멈춘 적이 있다. 아빠가 요령 있게 차를 세운 산비탈 아래로 연령초와 야생벚나무와 가막살나무가 우거진, 눈이 시리도록 푸르고 널따란 골짜기가 아찔하게 내려다보였다. 반딧불이가 놀라지 않게 빨간 비닐봉투를 씌운 손전등으로 땅바닥을 비추며, 아빠는 아내와 시무룩한 10대 딸아이들을 해넘이 직후의 짧고 짙푸른 막간 속으로 이끌었다. 솔직히 말해서 처음에는 그냥 에어컨이 있는 호텔 방으로 돌아가고 싶을 뿐이었다. 아니, 황소개구리의 기괴한 울음소리가 어둠 속에 울려 퍼지는 그 적막한 자갈길만 아니라면 어디든 좋았다. 하지만 동생과 내가 어른이 되어 떨어져 살게 된 지금 와서 생각해보면, 우리가 함께 야외에서 땅을 밟으며 보냈던 그 가족 여행의 시간들에 감사할 뿐이다.

여름휴가가 끝날 때쯤이면 엄마는 항상 기진맥진했지만, 직장에서 해방되어 가족과 보내는 하루하루는 분명 엄마에게도 즐겁고 소중했으리라. 여름휴가 동안의 나른한 낮과 더욱 나른했던 밤이 얼마나 그리운지! 엄마는 느긋하게 우리에게 입힐 주름 장식 잠옷을 고르며 그날 하루 구경한 것들과 내가 사온 값싼 잡동사니들 얘기에 웃곤 했다. 엄마가 내 턱 밑까지 이불을 끌어 올려주고 몸을 굽혀 잘 자라고 뽀뽀할 때면 아름다운 까만 곱슬머리가 내 얼굴을 간지럽히면서 오일 오브 올레이[미국 화장품 브랜드 '올레이'의 수분 크림]와 스피어민트 껌 냄새가 풍겼다. 엄마가 우리에게 그토록 다정했던 건 오직 휴가 여행 동안뿐이었다. 엄마가 내 앞머리를 관자놀이로 넘겨줄 때면 무언중에서도 딸이 엄마에게서만 얻을 수 있는 안도감을 느꼈다. 아침이와도 엄마는 동생과 나를 스쿨버스에 태우고 서둘러 병원으로 달려갈 필요가 없었다. 언젠가 엄마가 세상을 떠나고 나면 나는 분명 그 달콤한 민트 껌과 크림 냄새(내게 항상 아름다움과 사랑을 연상시키는)의 기억에, 우리가 집까지 달려가거나 혹은 달려가지 않았던 여름밤들의 기억에 매달리게 되겠지. 밤이면 현관 전구에 달라붙는 풀잠자리마냥 그 시절의 올즈모빌 자동차 뒷자리로, 나와 동생과 부모님 넷뿐이던 우리 가족에게로 돌아가고 싶어지겠지.

우리 집 근처에는 유리멧새를 연구하는 과학자들이 살았다. 유리멧새만큼 깃털이 새파랗고 화사한 새도 없을 것이다. 과학자들은 북극성을 따라 이동하는 유리멧새를 깜깜한 방에 가두었다가 가짜 북극성을 따라가게 만드는 실험을 했다. 하지만 새들 대부분은 그런 속임수에 넘어가지 않았고 일단 풀려나면 언제나처럼 제대로 고향을 찾아갔다. 유리멧새는 북극성의 위치를 태어난 첫해 여름부터 파악해 최초로 이동하는 몇 년 뒤까지 기억한다. 그러니 이미 온몸에 그 기억이 새겨져 있는 것이다. 어미의 슬하에 머무는 많은 밤 동안 얼마나 긴 시간을 둥지 밖의 별을 내다보며 보냈겠는가. 가장 밝게 빛나는 별이 그들을 단단히 붙잡아준다.

속여 넘기기 어려운 유리멧새와 달리 반딧불이는 쉽게 흔들리는 편이다. 전조등을 밝힌 차 한 대만 지나가도 몇 분간 동조 현상이 흐트러지니 말이다. 패턴이 재조정되기까지 몇 시간씩 걸릴 때도 있다. 이런 과정에서 무엇이 소실될까? 어떤 내용이 잘못 해독되거나 완전히 사라져 버릴까? 현관 전등, 트럭 전조등, 건물 조명, 눈부신 가로등 불빛은 상황을 더욱 복잡하게 만들고 반딧불이의 구애 신호를 더욱 어렵게 한다. 다음 해 태어나는 반딧불이 애벌레도 그만큼 줄어들게 된다.

반딧불이가 동조하는 이유와 방법에 관해서는 과학자들도 아직 의견이 분분하다. 수컷들이 골짜기와 풀밭 너머로 가장 먼저 신호를 보내려고 서로서로 경쟁하는 것인지도 모른다. 수컷들이 동시에 불빛을 뿜어내면 그중 누구의 불빛이 가장 밝은지 암컷들이 결정하기가 더 수월할 수도 있다. 이유가 무엇이든 간에, 그레이트 스모키 마운틴에서 유행하는 반딧불이 가이드 투어에도 불구하고(혹은 바로 그 때문에) 이제 반딧불이는 밤새도록 동조하지 않는다. 가끔씩 짧게 동조 현상이 나타나기도 하지만 도중에 갑자기 멈추고 무섭도록 긴 어둠이 이어진다. 반딧불이는 여전히 거기에 있지만 불빛을 뿜지 않고 그냥 날아다니거나 풀에 앉아 있다. 어쩌면 손전등을 낮추지 않거나 전조등을 켠 채로 방치하는 관광객에 항의하기 위해서가 아닐까.

반딧불이의 알과 애벌레도 생물발광성이며, 애벌레는 스스로 먹이를 잡는다. 달팽이나 민달팽이의 점액 자취를 감지하고 따라가서 무방비 상태의 연체동물을 먹어치우는 것이다. 반딧불이 애벌레는 집단을 이루어 지렁이처럼 자기보다 큰 먹잇감도 추적하는 것으로 알려져 있다. 오래된 B급 영화 속의 한밤중 촛불 빛 아래 진행되는 섬뜩한 사냥 장면이 떠오른다. 진창구덩이까지 추적해가서 붙잡은 지렁이가 여전히 몸부림치는 동안 불빛을 뿜어내며 게걸스레 포식하는 애벌레들의 모습을 상상해보라. 그런가 하면 애벌레 시기에는 물속에서만 지내는 반딧불이 종도 있다. 수생 달팽이를 잡아먹는 애벌레의 꽁무니에서 나오는 불빛이 수면 바로 아래 깜박거린다.

반딧불이의 수명은 2년 정도다. 대부분은 땅속에서 실컷 먹고 자며 보내는 시간이지만, 그래도 딱정벌레 중에서는 길고 충만한 삶이라고 할 수 있다. 밤에 불빛을 뿜으며 날아다니는 반딧불이는 보통 살날이 1~2주밖에 남지 않은 녀석들이다. 어린 시절 이 사실을 알고 나서는(그 무렵 나는 저녁을 먹으러 들어가기가 아쉬워 무성한 잔디밭을 한가로이 거닐며 시간을 끌곤 했다) 아름다운 반딧불 빛을 보면 오히려 더 슬퍼졌다. 그토록 눈부시게 빛나는 것이 그토록 빨리 사라지리라는 사실을 믿을 수가 없었기에.

남은 평생 나는 반딧불을 찾아다닐 것이다. 반딧불이 해가 갈수록 줄어들어 점점 더 보기 어려워진다 해도. 그럴 수밖에 없다. 여름밤 공기 속에 연둣빛으로 반짝이는 반딧불은 내게 이렇게 말하는 것 같으니까. '나는 아직 여기 있어. 너도 아직 여기 있지. 나는 아직 여기 있어. 너도 아직 여기 있구나.' 나는, 너도, 나는, 너도. 몇 번이고, 몇 번이고. 어쩌면 나는 정말 그럴 수 있을지도 모른다. 우리 가족과 함께한 여름밤의 추억을 잔가지 하나와 풀잎 몇 장을 곁들여 빈 잼 병에 집어넣고 뚜껑에 구멍을 뚫어서 간직할 수 있을지 모른다. 그리고 아직은 차마 상상할 수 없는 미래의 깜깜한 밤, 엄마가 하염없이 그리워질 밤이면 그 병 속의 따스한 불빛을 등불 삼아 차분하게 바깥으로 나아가리라.

공작새
PEACOCK
Pavo cristatus

나는 여덟 살이고 인생 최초의 남인도 여행에서 막 돌아온
참이다. 여행길에서 나는 인도의 국조인 공작새에 반해버
렸다. 아침마다 길 잃은 공작새들이 조부모님 집 마당에 들
어와 압정에 찔린 고양이마냥 악을 써댔는데도 말이다. 공
작새의 터키석과 비취 빛깔 깃털, 길고 새파란 목을 떠올리
고 있는데 3학년 담임 선생님이 동물 그림 대회를 열겠다고
말하는 소리가 들린다. 나는 신이 나서 책상 아래 무릎을 흔
들어댄다. 무슨 동물을 그릴지 이미 잘 알고 있으니까.

　우리 가족은 얼마 전 아이오와주의 소도시(유색인종 여
자아이가 학급 전체에 나 하나뿐이었던)를 떠나 애리조나주 피

닉스의 교외로 이사했다. 전학 온 학교 아이들은 앞에 나와 인사하는 나를 빤히 쳐다보았지만, 나는 교실에 다양한 피부색의 아이들이 있다는 게 기쁠 따름이었다. 아이들이 그릴 동물을 찾으러 도서실로 가는 걸 보고 나는 담임 선생님에게 그냥 앉아서 그림을 그리기 시작하면 안 될지 여쭤본다. 선생님은 담뱃갑이 든 손가방을 뒤적이며 이렇게 대답한다. "그렇게는 안 되지, 다들 똑같이 시작해야 하니까." 나는 도서실로 가서 책꽂이를 훑어보지만 공작새에 관한 책은 없다. 아이들은 다양한 견종, 소형 파충류, 아기 고양이에 관한 책을 고르고 있다. 나는 공책을 펼쳐 공들인 필기체 글씨로 이렇게 적는다. "공작은 인도의 국조입니다." 그때 종이 울리고 우리는 교실로 돌아온다.

담임 선생님은 책상 사이 통로를 오락가락하며 우리가 조사한 내용을 확인한다. 내 책상 앞에서 선생님의 발이 멈추더니 담배 냄새와 함께 한숨 소리가 들리고, 선생님의 기다란 갈색 손톱이 내 공책을 탁탁 두 번 두드린다. 하지만 나는 그게 무슨 뜻인지 모른다. 두껍고 흰 도화지에 그림을 그리라는 지시가 떨어지자마자 화사한 청록색과 보라색 크레용을 집어 든다. 공작새의 강렬한 눈꼬리는 아이라이너를 바르듯 새까맣게 칠하고, 종이 여백은 보랏빛 무늬가 가득한 꼬리 깃털로 채운다. 옆자리 아이의 그림을 보니 흰 종이에 구불구불한 선 하나만 찍 긋고 '뱀'이라고 써놓았다.

담임 선생님은 여전히 통로를 돌아다니고 있다. "주제를 잘못 이해한 친구들이 있네요." 선생님이 이렇게 말하더니 교실 앞으로 가서 헛기침을 한다. "그런 친구들은 처음부터 다시 시작하세요. 미국 동물을 그려야죠. 우린 아-메-리-카에 사니까요!" 그러더니 선생님은 나를 똑바로 쳐다본다. 내 목덜미가 화끈 달아오른다. "그림 다 그렸으면 교탁 위에 제출하고 수학 연습문제를 푸세요. 에이미―" 아이들이 모두 고개를 돌려 날 쳐다본다. "넌 다시 그려야겠구나!"

나는 그림을 뒤집어버린다. 공책에 눈물을 떨구지 않으려고 눈을 열심히 깜박거린다. 선생님은 공작새가 미국에서는 못 산다고 생각하시는 걸까? 작년 여름 샌디에이고 동물원에서 분명히 공작새를 봤는데. 아빠도 말씀하셨잖아. 마이애미에서는 공작새가 교외 잔디밭을 활보하는 바람에 도로가 폐쇄되기도 한다고.

새 도화지를 챙겨서 슬그머니 자리로 돌아온다. 내가 떠올릴 수 있는 가장 미국적인 동물을 그린다. 벼랑 끝 나뭇가지에 올라앉은 대머리독수리다. 가지 위에 절묘하게 얹힌 둥지 안에는 알 두 개가 들어 있다. 둥지라기보다 부활절 달걀 바구니처럼 보이긴 하지만, 그래도 상관없다. 아이들이 그만 좀 쳐다보게 빨리 그림을 제출해버리고 싶을 뿐이다. 화구 상자에서 가장 음침한 갈색 크레용을 골라 독수리 날개를 칠한다. 자리에서 일어나기 전에 마지막으로 학교 건물 앞에 걸려 있는 것만큼 커다란 성조기를 그려 넣는다. 깃대는 나뭇가지에 꽂혀 있다.

어느 모로 보나 어처구니없는 그림인데, 내가 성조기를 독수리 둥지보다 훨씬 크게 그리는 바람에 더 그렇게 보인다. 물론 독수리 둥지가 엄청나게 크다는 건, 코끼리의 몸만큼이나 높고 널따랗다는 건 나도 알고 있다. 하지만 혹시라도 선생님이 뭔가 더 따져 물을까 봐 입을 꾹 다물고 아무 말도 하지 않는다.

방과 후 집에 돌아온 나는 소파에 드러누워 텔레비전만 쳐다본다. 아빠가 저녁 먹으라고 불러도 배 안 고프다고 대답한다. 아빠가 거실로 들어와서 배 안 고파도 식탁에 앉으라고 말하자 나는 짜증을 내고 만다. "꼭 이렇게 집 안 구석구석을 공작새로 장식해야 돼? 나무 공작새, 놋쇠 공작새, 공작새 그림. 창피해 죽겠어!" 아빠는 아무 말도 하지 않는다. 거실에서 걸어나가더니 차분한 목소리로 저녁밥 식겠다며 나를 다시 불렀을 뿐이다. 하지만 다음날 학교에서 돌아오니 집 안의 공작새가 **전부** 사라져 있다. 거실에 걸린 공작새 사진 달력만 제외하고. 폭포, 박물관, 부겐빌레아[진분홍색 꽃이 피는 열대성 덩굴식물]가 핀 담벼락 앞의 공작새. 색소결핍증에 걸린 암컷과 수컷과 아기 공작새. 달력은 집 안에 남아 그 해가 끝날 때까지 날짜를 알려주고, 달이 바뀔 때마다 새로운 공작새가 나타나 강렬한 눈빛으로 나를 바라본다.

몇 주가 지난 어느 날, 조례와 국기에 대한 맹세가 끝난 뒤 담임 선생님이 그림 대회 결과를 발표한다. 나의 애국심과 잉 독수리 그림이 1등상을 받았다. 그림은 대형 유리 진열장에 담겨 교장실 바로 앞에 전시될 예정이다. 교실로 가며 그 자리를 지날 때마다 내 발걸음은 쫓기듯 빨라진다.

나는 그림 그리기를 좋아하는 여자아이였다. 다양한 빛깔과 새 크레용 상자를 좋아했고, 64색 크레용을 가진 아이들을 항상 부러워했지만 저렴한 24색 크레용으로도 멋진 그림을 그릴 수 있었다. 나는 그림 그리는 걸 좋아했지만, 그 대회 이후로는 새 그림은커녕 낙서조차 하지 않게 되었다. 어른이 되고 나서도 한참 그랬다.

그날 뒤로 나는 인도에서 온 것이라면 무조건 외면했다. 인도에서 돌아오기 전날 할아버지가 정성스레 모아서 건네준 공작새 깃털은 꽃병에 담겨 내 하얀 화장대에 놓이는 대신 찬장 서랍 한구석에서 먼지만 끼어갔다. 내가 이후로 한참이나 파란색을 싫어하는 척했던 것도 그 일 때문이었다. 하지만 공작새란 평생을 도망쳤다가도 되돌아오게 되는 고향과도 같은 존재다. 내가 가장 좋아하는 빛깔은 공작새 날개의 파란색이다. 내가 가장 좋아하는 색은 피콕블루다.

내가 가장 사랑하는 색은 피콕블루다.

빗해파리
COMB JELLY
Mertensia ovum

대체 누가 네 살짜리 아이에게 통유리 팔찌를 줄 생각을 한 걸까? 인도에서 할머니가 보내준 팔찌 상자를 연 순간 내 눈은 25센트짜리 동전만큼 휘둥그레졌다. 할머니는 나도 팔찌를 찰 때가 됐다고 생각했던 것이다. 나는 곧바로 팔찌에 마음을 빼앗겼다. 햇살 환한 창가에서 내 가느다란 팔목을 처들면 번뜩이는 색채, 달릴 때마다 짤랑거리는 소리, 시카고의 겨울날에 그 무엇보다도 대담하고 현란하게 빛나던 깊디깊은 빨강과 파랑과 보랏빛. 바깥에는 방한 부츠를 신고 걸음마하는 아기쯤은 묻어버릴 만큼 높다랗게 눈이 쌓여가고 있었다. 아빠는 지붕이 함몰되지 않도록 삽을

들고 올라가서 눈을 치워야 했다. 나는 팔찌 짤랑이는 소리를 들으려고 이 방 저 방으로 내달렸다. "조심해, 조심하라니까." 엄마가 나를 타일렀다. "그러다 깨지기라도 하면 손 베일라."

한참 그러다 지치면 나는 거실 바닥에 드러누워 겨울의 미묘한 소리에 귀 기울이곤 했다. 고드름이 홈통 끝까지 미끄러져 가며 내는 끼익 소리. 서늘한 화분 속의 질석[수분을 머금는 성질이 있는 광물로 과도한 수분 증발을 막기 위해 배양토에 섞는다]이 물을 달라고 조르는 소리. 천장 전등을 향해 팔찌를 쳐들면 방 안 가득히 무지갯빛이 흩뿌려졌다. 이 작은 유리 팔찌에 이만큼 놀라운 위력이 숨어 있다니! 나처럼 작은 여자아이의 손에서 그렇게 강렬한 광채가 솟아나는 건 처음 보았다.

어른이 되어서도 나는 여전히 눈부신 색채에 이끌린다. 지구에서도 손꼽히게 현란한 불꽃 쇼가 펼쳐지는 곳은 땅 위나 공중이 아니라 바로 대양 속이다. 수백 수천 개의 섬모를 지닌 빗해파리는 가장 깊고 어두운 극지와 열대의 심해에서도 규칙적으로 물결치며 빛나는 작은 무지개를 뿜어낸다. 미 대륙 동해안에서는 그 번득이는 색채에 현혹된 사람들이 호두만한 빗해파리를 양손으로 잡아 올리곤 한다. 하지만 사실 그래서는 안 된다! 빗해파리는 대부분 지극히 섬세하며 가장 얇은 콘택트렌즈보다도 더 얇기 때문에 손을 대면 바로 녹아버린다. 빗해파리를 자세히 들여다보고 싶다면 깨끗한 컵으로 물과 함께 퍼 올려서 관찰하자. 물론 관찰한 다음엔 살며시 물속에 도로 놓아주어야 한다.

빗해파리는 우아하기 그지없는 생물이다. 해파리와는 전혀 다른 종이며 사람을 쏘지도 않는다. 유즐동물이라는 별개의 문門에 속하기 때문이다. 빗해파리는 쌀알만큼 작을 수도 있고 너비가 1.2미터 이상일 수도 있다. 통통한 초등학교 2학년 아이쯤은 꿀꺽 삼킬 수 있는 크기지만(적어도 이론적으로는), 실제로 그러지는 않을 것이다. 머리카락 같은 섬모를 휘날리며 온갖 물고기 알과 다른 빗해파리까지 잡아먹느라 정신없이 바쁘니까.

수족관에서 빗해파리를 볼 때마다 처음으로 유리 팔찌를 들어 빛에 비춰본 순간이 생각난다. 나는 항상 색채에, 다양한 빛깔이 주는 희열에 이끌렸다. 어쩌면 그건 지구 반대편의 누군가가 아직 어렸던 내게 그처럼 섬세하고 연약하기 그지없는 존재를 선뜻 건네주었기 때문이 아닐까. 하늘이 아닌 바다에, 때로는 저 깊은 해저까지 내려가서 수백만 개의 무지개를 늘어뜨리는 빗해파리는 얼마나 멋진 해

양 생태계를 만들어주고 있는가. 그 모습을 보면 아귀와 풍
선장어 같은 창백한 심해어들도 감탄하며 비가 그친 뒤 햇
볕에 몸을 덥히는 것이 얼마나 달콤하고 호사스러운 일일
지 잠시나마 상상해볼지도 모른다.

미모사
TOUCH-ME-NOTS
Mimosa pudica

시카고식물원에 서식하는 약 150만 종의 식물 중에 어린 내게 가장 섬뜩하고도 신기했던 것은 바로 '건드리지 마touch-me-not라는 별명을 가진 미모사였다(사람에 따라서는 함수초나 신경초라고 부르기도 하지만 나는 '잠풀'이라는 별명을 가장 좋아한다). 우리 아빠의 모어母語인 말라얄람어[인도 서남부 케랄라주의 공용어]로 미모사는 '토타바디thottavadi'라고 하는데, 장난기 많은 초등학교 2학년생에게는 수줍은 금붕어나 방과 후 발견한 엄마 잃은 아기 토끼에게 붙여주기 딱 좋은 재미난 이름처럼 들렸다. 교외에서 자전거를 타고 달릴 때 괜히 한번 큰 소리로 외쳐보기도 했다. 평범한 풀 가지고 뭘 그리 호들갑이냐고 할지 모르겠지만, 사실 나는 아직도 미모사의 깃털 모양 구조를 보며 경탄한다. 줄기 양옆에 마주나기로 뻗쳐 나와 끄트머리만 돌돌 말려들어 간 잎들을 보라. 여름에만 피어나는 둥그스름한 라벤더 핑크빛 꽃송이는 마치 작은 불꽃과 〈마이 리틀 포니〉 인형의 교배종처럼 보인다. 하지만 미모사의 가장 멋지고 유명한 특성은 잎에 손가락을 갖다 대면 움찔 전율하며 비밀이라도 숨기려는 듯 움츠러든다는 점이다.

과학자들에 따르면, 미모사 잎이 졸음에 겨운 사람처럼 축 늘어지는 이유는 손을 대면 칼륨이온이 방출되어 세포 내 압력이 급속도로 감소하기 때문이라고 한다. 감촉성[식물이 접촉이나 진동에 반응하는 성질]이라고 하는 이 우아한 움직임 때문에 미모사 줄기를 베어 먹으려던 꿀벌레나방 애벌레와 잎진드기가 땅바닥에 떨어지기도 한다.

미모사는 중남미가 원산지지만 플로리다주의 도로변에서 흔히 볼 수 있으며 북쪽으로는 메릴랜드주까지 분포해 있다. 우리 부모님은 취미용 공예품 상점에서 값비싼 미모사 재배 키트를 보고 재미있어 하셨는데, 인도와 필리핀 북부에서 미모사는 보통 잡초로 여겨지기 때문이다. 미모사를 정원에 심기로 결정한 이들에게 고난이 있을지니! 미모사는 기껏해야 특이한 실내 화초로나 적합할 것이다. 예외가 있다면 코브라를 피해 달아나야 하는 상황 정도가 아닐까. 미모사는 뱀독 중화제로 쓰이기도 하니까. 하지만 미모사가 얼마나 빨리 번져나가 뿌리를 내리는지는 모르는 편이 낫다. 원예나 조경 커뮤니티 게시판은 제발 미모사 제거하는 방법 좀 알려달라, 이러다가는 반려동물과 잔디 장식물까지 뒤덮이겠다는 다급한 요청들로 도배되곤 한다. 그들의 정원은 마치 『위대한 유산』 속 미스 해비셤의 정원을 어설프게 모방한 듯이 보일 것이다.

나도 내게 손을 대는 포식자들을 바로 차단하고 떨쳐버릴 수 있다면 얼마나 좋을까. 그럴 수만 있다면 얼마나 신나고 짜릿한 기분일까. 파티에서 춤추는 날 건드리지 마, 내 손가락에 낀 결혼반지 안 보여? 전철 안에서 날 건드리지 마. 기차, 비행기, 택시, 리무진, 어디서든 간에 건드리지 말라고. 산자락을 올라가는 케이블카 안에, 크루즈선의 갑판 위에, 무대로 나가기 전 대기실에 있는 나를 건드리지 마. 포장 주문한 음식이 나오기를 기다리는 동안, 동창회 자리에서, 초청 작가라고 수작을 걸면서, 할머니에게 편지를 부치려고 우체국에 서 있을 때 나를 건드리지 말라니까. 내가, 우리 아이들이, 그 누구의 아이들이든 자기를 건드려도 될 사람과 건드리면 안 될 사람을 직접 정하게 내버려 둬. 아무도 건드리지 마, 건드리지 말라고.

선인장굴뚝새

CACTUS WREN

Campylorhynchus brunneicapillus

1986년 애리조나주 케이브크릭에서 세계 최대의 변경주
선인장(키가 23.7미터였다)이 사막 폭풍에 휩쓸려 쓰러졌다.
같은 해 그곳에서 50킬로미터쯤 떨어진 내 친구들의 집 앞
마당은 하나같이 화강암 자갈과 매끄러운 강돌, 잡석 소용
돌이로 꾸며져 있었다. 아이들은 부모님을 돕기 위해 잔디
를 깎는 대신 '돌멩이 갈퀴질'을 해야 했고, 돌밭을 깔끔하
게 쓸어 친구들이 남긴 발자국을 싹 지웠다. 한바탕 술래잡
기 놀이를 하고 난 뒤에는 더욱 힘든 작업이었다. 아직도
석고판 파편이 떨어져 있는 새로 지은 집의 휑한 뒤뜰에,
부모님은 반들반들한 호주벽오동과 황종화와 트로피카나

장미[월계화의 변종으로 분홍색 꽃을 피운다]를 심기로 했다. 내가 아는 한 부모님은 선인장을 심지 않았고 딱히 그럴 생각도 없는 듯했다. 오코티요 선인장이나 고슴도치 선인장은 물론 내가 가장 좋아하는 변경주선인장도. 따라서 사막에 서식하는 매혹적인 선인장굴뚝새를 보려면 주말까지 기다려야 했다. 아빠는 주말마다 우리를 데리고 피닉스시를 둘러싼 라벤더 빛과 분홍빛 산들로 하이킹을 떠나곤 했으니까. 일행은 항상 아빠, 나, 동생 셋이었다. 우리 가족은 얼마 전 애리조나로 돌아왔지만 아직 근무 계약이 끝나지 않은 엄마는 캔자스주에 남았기 때문이다.

1980년대의 피닉스 교외에서 선명히 기억나는 광경이 있다. 벨 로드의 '프라이스 푸드 앤 드럭' 상점 주차장에 형광분홍색 끈이 너덜너덜 뜯겨 나간 채 버려져 있던 흰색 롤러스케이트 한 짝이다. 나는 그 스케이트 끈을 선인장굴뚝새가 부리로 끈질기게 당겨 풀어서 물고 갔을 거라고 상상했다. 좀벌레나 전조등처럼 아련한 은빛으로 반짝이는 정원 풀장들을 넘어 변경주선인장에 지어놓은 둥지로 날아갈 거라고. 둥지는 이미 우유병 뚜껑과 회전초와 이끼 낀 나무딸기 잔가지로 꾸며져 있겠지.

길 건너편에 사는 유치원생 제이슨네 집 마당에는 2층

에 닿을 만큼 큰 변경주선인장 한 그루가 있었다. 지루함에 지친 아이들이 돌멩이를 던져도 선인장은 끄떡없는 파수병처럼 햇볕 아래 굳건히 자리를 지키고 서 있었다. 내게도 파수병이 있으면 좋겠다고 얼마나 간절히 바랐던지. 그러면 혹시 창문 없는 승합차를 탄 누군가가 우리 집까지 따라오더라도 안심이 될 것 같았다. 1980년대 중반은 **그런** 범죄에 대한 공포가 만연한 시기였다. '범죄를 줄이자'라는 구호와 함께 사방에 붙어 있던 포스터 속 캐릭터 '경비견 맥그러프'는 어느새 우리가 시청하는 공중파 만화 영화와 주간 고속 도로를 따라 배치된 광고판에까지 침투해 있었다. **우리는** 맞벌이 부모를 둔 탓에 보호자 없이 귀가해야 하는 곤경에 처한 어린아이들이었다. 부모님이 집에 있는 날이면 우리는 거의 항상 밖으로 달려 나왔다.

내 친구들은 집 열쇠를 털실에 꿰어 목에 걸고 다니거나, 엄마가 가르쳐준 대로 주머니 속에 커다란 안전핀으로 고정해놓았다. 당시 선생님들은 방과 후 귀가하다 실종된 아이들 이야기를 들려주곤 했다. 『비밀의 숲 테라비시아』[전학생 친구와 함께 환상 속 세계를 탐험하는 내용의 어린이 소설]의 인기로 혼자 탐험하러 나섰다가 머리를 둔기로 맞고 익사한 여자아이들 이야기도 유행했다. "하지만 우린 아니야,

선인장굴뚝새
• 57 •

우린 그럴 일 없어." 우리는 이렇게 말하곤 했다. "우리는 사탕을 주겠다거나 상자 속 복슬강아지를 보러 가자는 꼬임에 넘어갈 만큼 멍청하지 않으니까." 집에서 다섯 블록이나 떨어진 정류장에 우리를 내려주던 스쿨버스도(나라면 절대 내 아이들끼리 그만큼 먼 거리를 걷게 하지 않겠지만), 버스에서 우르르 내려서 익숙한 보도를 굽이굽이 걸어 텅 빈 집으로 돌아가던 '맞벌이 가정' 친구들도 이제는 그리운 추억이다. 감자 칩을 봉지째 먹으며 텔레비전으로 보던 〈슈퍼 특공대〉나 〈스쿠비 두〉는 얼마나 재미있었던지.

변경주선인장은 거북 등껍질처럼 묵직한 책가방을 메고 걸어가는 우리를 지켜보며 서 있었다. 친구들 중 가장 나이가 많았던 열두 살의 나는 창문에 작은 삼각형 표지를 붙인 집들을 눈여겨보며 걷곤 했다. 혹시라도 우리를 따라오거나 차에 태우려는 사람이 있을 경우 그런 집으로 들어가면 '안전'하다는 표지였기 때문이다. 우리는 안전할 것이었다. 날마다 안보 공익광고를 시청했으니까. 우리는 부모님이 돌아오시는 대로 다시 모이자고 약속하곤 했다. 부모님이 집에 있어야 마음대로 자전거를 타고 동네를 쏘다닐 수 있기 때문이었다. 우리 뒤뜰에는 선인장이 없고 장미 덤불과 황종화만 군데군데 자라나 있었다. 그 나무들의 뾰족한 꼬투리는 괴한을 찌를 수 있을 만큼 단단하기는커녕 너무 쉽게 부서졌다. 노란 삼각형 표지가 붙은 집은 대부분 은퇴한 노인들이 사는 곳이었다. 과연 그분들이 번호판도 달지 않은 수상한 승합차를 추적할 수 있었을까? 하지만 우리는 그 노란색을 믿었다. 환한 햇빛과 선인장 가시를 믿었다.

그리고 우리는 선인장굴뚝새를 믿었다. 저런 곳에서 어떻게 살까 싶은 장소를 파고들어 보금자리를 만들 줄 아는 그 새를. 아빠와 동생과 캐멀백 산을 오를 때면 '츄르~ 츄르~ 츄르' 하는 울음소리로 선인장굴뚝새가 거기 있다는 걸 알 수 있었다. 마치 새벽의 고요 속에서도 활기차게 돌아가는 작은 엔진 소리 같았다. 날아가는 선인장굴뚝새를 보면 딱히 화려한 구석은 없었지만, 밤색 눈 위의 우스꽝스러운 흰 '눈썹'만은 눈에 띄었다. 입을 다물고 가만히 지켜보면 그 새들이 선인장이나 유카나무에 내려앉아 땅바닥을 훑어보며 메뚜기나 선인장 열매를 찾는 모습도 구경할 수 있었다. 선인장굴뚝새는 북미 대륙에서 가장 큰 굴뚝새로 몸길이가 자그마치 18센티미터에 달한다. 먹이인 곤충이나 과일에서 충분한 수분을 섭취하기에 따로 물을 마시지 않아도 되는 드문 새이기도 하다.

하지만 이 활기찬 새의 가장 멋진 점은 둥지를 지킬 때

보여주는 용기와 교묘함이리라. 선인장굴뚝새는 사막에서 살아남기 위해 매우 탄탄한 둥지를 짓는다. 언뜻 보기에는 가시가 박힌 채 변경주선인장 가지 사이에 처박힌 풋볼 공 같지만, 좀 더 자세히 보면 한쪽 끝에 푹신한 둥지 내부로 들어갈 수 있는 시커먼 구멍이 있을 것이다. 그런 둥지를 하나 찾았다면 주변의 다른 선인장 가지들도 살펴봐야 한다. 분명히 둥지가 하나 더 있을 테니까. 둘 중 하나는 가짜 둥지로, 안쪽에서 수컷이 대기하고 있다가 포식자가 들어왔다 싶으면 무조건 쪼아대며 비명을 지른다. 그러는 동안 암컷은 다른 둥지 안에서 안전하게 알을 품는 것이다. 오늘 저녁 메뉴는 굴뚝새 알이로구나 하며 기대했던 다람쥐나 분홍색 채찍뱀에게는 안된 일이지만.

아빠는 피닉스 시내의 굿사마리탄 병원에서 신생아 집중치료실 호흡요법사로 장시간 근무했다. 일주일 내내 연약한 아기들을 돌보고 짓궂은 초등학생 딸 둘도 키우느라 한 해 내내 무척 힘들었으리라. 그런데도 아빠는 거의 주말마다 우리를 데리고 캐멀백 산의 등산로를 걷곤 했다. 그곳에서 우리 외의 아시아인을 본 적은 한 번도 없다. 아빠도 그 사실을 눈치챘는지 모르겠다. 어쩌면 아빠는 운모 테두리가 있는 바위나 오코티요 선인장 꽃, 가끔 바위 뒤로 스쳐가는 척왈라[이구아나속의 파충류 동물]를 가리켜 보이느라, 해를 보고 시간을 확인하거나 헐거운 돌멩이를 밟지 않고 안전하게 등산로를 따라가는 법을 딸들에게 확실히 가르쳐주느라 너무 바빴는지도 모른다. 그것 역시 우리가 교외의 이웃 가족들과 다른 점이었다. 내가 아는 친구 중에 아빠가 따로 시간을 내어 그런 걸 가르쳐주는 아이는 하나도 없었으니까.

스쿨버스 정류장과 집을 오갈 때, 그리고 가끔씩 부모님들에게 따로 알리지 않고 몇 블록 떨어진 친구들 집까지 갈때도 변경주선인장은 계속 우리를 지켜보며 서 있었다. 그 거대한 선인장을 보면 어른이 된 지금의 나는 느낄 수 없을 묘한 자신감이 솟아났다. 내가 저 선인장 뒤에 숨으면 보이지 않을 거라고. 내 가느다란 갈색 다리가 사탕을 주겠다며 다가오는 어떤 남자의 다리보다도 빠르게 선인장을 빙돌아서 달아날 수 있을 거라고. 나라면 **어떤** 자갈밭에서든 주말에 이웃집 아빠들이 쓸어내고 갈퀴질할 작은 발자국만 남긴 채 빠져나올 수 있을 거라고. 어쩌면 나는 선인장에 사는 새처럼 되고 싶었던 것이리라. 서툴게 깎은 상고머리마냥 정수리에 까슬까슬하게 털이 돋아난, 몸집은 작지만 황량하고 무자비한 사막의 그 무엇도 두려워하지 않는

영리한 선인장굴뚝새처럼. 1980년대 선버스트 초등학교에 다녔던 우리 랜디스 레인의 아이들은 사막의 바위 위로 내달리는 요령을 알고 있었다. 매끄러운 강돌로 뒤덮인 구불구불한 화단에서 이 수석壽石과 저 수석을 넘나들며 유괴범을 따돌려 추락시킬 수 있었다. 우리는 강했다. 다들 깡마르고 뼈도 가늘었지만 배짱만큼은 두둑했고, 혹시라도 그래야 한다면 우리를 위협하는 그림자에 맞서 싸울 준비가 되어 있었다.

외뿔고래
NARWHAL
Monodon monoceros

5학년이 끝날 무렵 동생과 나는 아빠를 피닉스에 남겨놓고 캔자스주로 옮겨갔다. 그와 동시에 말랑말랑한 젤리슈즈와 뉴코크[1985년 코카콜라에서 새로운 레시피로 생산한 콜라 상표명]와 라이브 에이드 공연 영상 속의 마돈나 흉내에도 작별을 고했다. 애리조나주에서 나와 어울려 다닌 여자아이들은 가느다란 갈색 팔목에 스와치 시계와 젤리팔찌 여러 개를 주렁주렁 겹쳐 찼다. 내가 반했던 남자아이들은 전부 브레이크댄스를 출 줄 알았다. 캔자스에 관해 내가 아는 거라곤 도로시와 『오즈의 마법사』, 그 동네 전역에 무시무시한 손가락을 뻗치는 토네이도뿐이었다. 엄마는 축구를 하거나 풋볼 공을 던지며 놀아도 될 만큼 마당이 넓은 곳에 살게 될 거라고 약속했지만, 엄마의 직장인 병원과 의사 숙소가 얼마나 가까운지 안 것은 캔자스에 도착하고 나서였다. 우리는 말 그대로 정신병원 부지 **내에** 살게 되었다. 수십 년 동안 아이들이 살지 않던 곳이었기에 그곳 학구에서는 동생과 나만을 위한 스쿨버스 정류장을 새로 만들어야 했다. 스쿨버스 계단을 오르면서 나는 내가 외뿔고래라고 상상했다. 누가 동생과 나더러 병원에 수용된 환자냐고 묻기라도 하면 바로 덤벼들 수 있게 장검 같은 엄니를 쳐든 외뿔고래라고.

외뿔고래만큼 캔자스의 새하얀 얼음과 눈에 어울리는 동물이 있을까? 외뿔고래만큼 그곳에서 잘 버텨낼 수 있는 동물이 또 있을까? 외뿔고래는 탁 트인 바다보다도 오히려 커다란 빙산 사이로 헤엄치기를 좋아하며, 그런 환경에서는 범고래보다 대체로 더 빨리 움직일 수 있다. 희한한 생김새 때문에 쥘 베른의 『해저 2만리』에서 '바다의 유니콘'이라는 깜찍한 별명을 얻기도 했지만, 사실 외뿔고래가 사냥하는 모습은 꽤나 무시무시하다.

사실 외뿔고래의 '뿔'은 신경 말단 천만 개가 모여 있는 이빨이다. 기다란 나선형으로 감긴 이빨은 왼쪽 '윗입술'

을 뚫고 차가운 북극해로 뻗쳐 나와 있다. 외뿔고래는 이빨이 엄니를 포함해도 평생 두 개밖에 나지 않는다. 수컷뿐만 아니라 암컷도 15퍼센트 정도는 엄니가 길게 튀어나와 있으며, 드물게 엄니가 양쪽으로 두 개 나오는 경우도 있다! 그 어떤 치아교정술로도 고칠 수 없는 외뿔고래만의 특징이다. 과학자들은 오랫동안 외뿔고래의 엄니가 사냥 도구일 뿐이라고 생각해왔는데, 외뿔고래가 작은 물고기를 찔러 기절시킨 다음 삼키는 모습을 관찰했기 때문이다. 하지만 이제는 외뿔고래의 엄니에 그 어떤 동물에도 뒤지지 않는 음파 탐지 기능이 있어서 물속에서도 사물을 '볼' 수 있다는 것이 정설로 여겨지고 있다. 과학자들은 외뿔고래가 초당 천 번 내는 짤깍 소리가 다양한 파장의 빛으로 방출되어 먹이를 찾고 빙산을 피하는 데 도움을 준다고 생각한다. 엄니는 바다의 염도와 수온 변화를 감지할 수 있는 감각 기관이기도 하다. 부드러운 다공성 피막에 감싸인 빽빽한 내핵은 뇌와 직결된 섬세한 신경 말단으로 채워져 있다. 아이스바 두세 개를 씹어먹고 연달아 아이스크림 몇 그릇까지 비운다면 이가 얼마나 시릴지 생각해보라. 입안에 항상 그런 '아이스크림 통증'이 느껴진다면 어떤 기분일까?

외뿔고래는 주로 북극해에 서식하지만 이따금 작은 무

외뿔고래

리를 지어 캐나다 쪽 피오르로 들어가기도 한다. 영어로 외뿔고래를 뜻하는 narwhal이라는 말은 옛 스칸디나비아 어로 '시체 같다'는 뜻인 nar에서 왔는데, 이 동물의 독특한 점박이 무늬가 익사한 선원의 시반屍斑처럼 보였기 때문이다. 외뿔고래는 등지느러미가 없고 척추뼈가 목에 있어서 정말 고래가 맞는지 몇 번이나 다시 쳐다보게 된다. 이는 외뿔고래와 흰돌고래(벨루가)만이 지니는 독특한 특징이다. 외뿔고래는 오징어, 대구, 갈고리흰오징어를 먹는다. 먹이 자체는 평범해 보이지만 사냥 방식은 다소 오싹하다. 외뿔고래는 은근하게, 느리고 끈덕지게 먹이를 향해 헤엄쳐 간다. 그리고 아가리를 벌려 세상에서 가장 무서운 진공청소기처럼 무방비 상태의 먹이를 단번에 빨아들여 꿀꺽 삼키는 것이다. 참, 외뿔고래가 몸을 뒤집어 헤엄치는 걸 좋아한다는 얘긴했던가? 136킬로그램이 넘는 외뿔고래가 거꾸로 뒤집힌 채 슬그머니 옆으로 다가와 천천히 아가리를 벌리는 모습을 상상해보라.

외뿔고래의 포식자는 누구일까? 범고래뿐만 아니라 북극곰도 가끔 새끼 외뿔고래를 노린다. 범고래가 쫓아와도 외뿔고래 무리는 물속 깊이 잠수하면 그만이다. 해수면에서 1.5킬로미터 아래까지 내려가도 문제없이 버틸 수 있으

나는 아직 여기 있어
• 68 •

니까. 그럼에도 외뿔고래는 준위협종으로 분류되고 있는데, 엄니와 귀중한 피하 지방을 노리고 이들을 사냥하는 인간 때문이다.

캔자스에서의 어느 날 오후, 동생과 나는 스쿨버스를 타고 의사 숙소로 돌아가고 있었다. 병원 가까이 왔을 때 진입로에 차를 세워놓고 트렁크에 실린 식료품을 꺼내는 엄마가 보였다. 버스 안에 있던 뚱뚱한 금발 남자아이가 우리 엄마는 중국인이냐고 물었다. 아니, 필리핀 사람이라고 대답하자 그 녀석이 눈꺼풀을 까뒤집어 보였고, 나는 움찔했다가 화가 나서 씩씩거렸다. 그 녀석의 손톱 아래 끼어 있던 정체 모를 시커멓고 끈적끈적한 때가 아직도 눈앞에 선하다. 자기가 친 장난에 낄낄 웃어대는 그 녀석의 랭글러 청바지 위로 불룩 튀어나온 아랫배도. 그 녀석은 눈꺼풀 까뒤집는 정도로는 모자라다는 듯 눈꼬리 살갗을 집어 귀까지 찢어지게 당기며 이렇게 말했다. 중국인이 분명해! 눈이 너하고도 완전 다르잖아!

눈. 얼음. 양손에 하얀 플라스틱 우유병을 하나씩 들고 웃는 얼굴로 버스를 바라보며 자기를 빤히 쳐다보는 아이들 속에서 딸들을 찾고 있던 엄마. 나는 범고래가 절대 나를 따라오지 못할 어둡고 깊디깊은 바닷속으로 잠수하고 싶었다. 내겐 장검이 없었고, 심지어 그 녀석에게 따끔하게 응수해줄 말재주도 없었다. 나는 교과서를 챙기고 앞쪽만 똑바로 바라보며 상냥한 운전수 존슨 아저씨에게 안녕히 가시라는 인사도 못 한 채 버스에서 내렸다. 외뿔고래 덕분에 나는 전날까지만 해도 친구라고 여겼던 녀석의 실체를 간파할 수 있었다.

훗날 나와 결혼하여 우리 두 아들의 아버지가 될 남자아이가 라니드주립정신병원에서 남쪽으로 겨우 한 시간 거리에 살고 있었다는 걸 그때의 나는 알 수 없었다. 아마도 자기 집 진입로에서 레이업 슛 연습을 하거나 버펄로 목장 근처의 들판으로 야구공을 날려 보내고 있었으리라. 한 시간이라니! 내 평생의 동반자가 겨우 한 시간 거리에 있었다니! 미래의 어느 날 내 갈색 손을 잡고 자신의 심장 박동과 온기를 느껴 보라며 자기 가슴에 갖다 댄 채 영원한 사랑을 약속할 백인 남자가. 외뿔고래가 딸깍하는 그 연결음을, 나에게로 되돌아올 메아리를 듣는 법을 가르쳐줄 수만 있었더라면.

하지만 6학년이었던 그때의 내게 보이는 것이라고는 보안 요원들이 도망친 환자를 찾느라 돌아다니며 걷어찬 길가의 지저분한 눈 무더기뿐이었다. 그날 저녁 내내 나는 입을 꾹 다물고 있었다. 내가 왜 그러는지 몰랐지만 딱히 뭐라고 말해야 할지도 알 수 없었다. 수치심이나 분노라고 하긴 어려운, 그보다도 엄지손가락 아래 도톰한 손바닥에 말벌 침이 박힌 것 같은 아픔이었다. 그 아픔은 오래도록 사라지지 않았다. 늦은 봄에 다른 남자아이가, 우리 반에서 가장 똑똑하고 달리기도 가장 잘하던 아이가 분홍빛 인조 다이아몬드 반지 세트를 선물했다. 우리 가족이 이사 간다는 소식이 알려진 바로 다음 날이었다. 그걸 보면서 날 기억해 줘, 쉬는 시간에 그 애가 내게 조용히 말했다. 예쁘게 빛나는 인조 다이아몬드를 보면서도 나는 여전히 시큰둥했다. 남자애들에게 별로 관심이 없었던 데다 그 반지가 너무 눈에 띈다고 생각했기 때문이다. 반지는 너무 반짝거리고 너무 부담스러웠다.

   내가 그 애에게 바랐던 건 발야구팀을 짤 때마다 나를 가장 먼저 뽑아주는 것뿐이었다. 누가 나한테 인종차별적인 농담을 던지면 내 편을 들어주는 것, 그리고 가능하다면 가끔 구내식당에서 내 옆자리에 앉는 것 정도였다. 하지만 이미 너무 늦었다. 우리는 애리조나로 돌아갈 예정이었다. 그렇긴 해도 이 평원 지역에 회오리바람과 노란 벽돌길 말고도 다른 것들이 있다는 사실은 알게 되었다. 착한 아이들도 있었다. 그 애들은 텔레비전이나 부모님이 뭐라고 말하든 간에 다가와 내 손을 잡고 날 포옹해주었다. 나랑 운동장에서 놀던 일이 그리울 거라고, 정글짐에 무릎을 걸고 거꾸로 매달려 발에 걸린 구름을 향해 소리치던 내 모습이 생각날 거라고 말해주었다. 해바라기는 어디에 심어도 태양을 향하게 마련이란 것도 배웠다. 해바라기가 어찌나 활짝 피었던지, 엄마는 길가에 소형 쉐보레 쉬베트를 세워놓고 해바라기밭 앞에 선 동생과 나의 사진을 찍어 아빠에게 보내기도 했다. 아빠가 그리워요. 우린 캔자스에서 잘 지내고 있지만 아빠가 그립고 조만간 다시 아빠를 만날 거예요. 그것이 우리의 신호였다. 해바라기의 바다와 다섯 개의 주를 넘어 아빠에게 '우린 잘 있어요'라고 전하는 방법이었다. 우리는 하나로 뭉쳐 얼음과 눈 속에서 봄까지 견뎌냈다. 그리고 우리는 무사했다.

아홀로틀
AXOLOTL
Ambystoma mexicanum

백인 여자아이가 내 갈색 피부에는 특정 색조의 화장품이 어울리거나 어울리지 않는다고 충고하려 들 때면 아홀로틀의 미소를 떠올려야 한다. 그런 순간에 할 수 있는 최선의 행동은 억지로라도 웃고 또 웃는 것이다. 확실하게 웃어 보일수록 나는 더 강해질 테니까.

그런 아이들을 향해 도롱뇽처럼 웃어주자. 아홀로틀은 흔히 '멕시코의 걷는 물고기'라고 불리긴 하지만 사실 물고기가 아니라 양서류다. 평생 물속에서 살며 양서류로서는 드물게 유형성숙하는, 다시 말해 유생 시기의 모습 그대로 성체가 되는 동물이다. 아홀로틀의 색은 세 가지 색소세포

중 무엇을 물려받느냐에 따라 달라진다. 홍색소세포가 있으면 피부가 진주색으로 빛나고, 흑색소세포가 있으면 흐릿한 갈색을 띠며, 황색소세포가 있으면 분홍빛 도는 고운 금색이 된다.

소위 '야생' 아홀로틀은 대부분 깜박이지 않는 눈 가장자리에 밝은색 테두리가 있다. 마치 아이라이너 대신 형광펜으로 눈에 화장을 한 것 같다. 야생 아홀로틀이 알에서 나올 때는 분홍빛 눈과 아름답고 몽환적인 금빛 피부를 지닐수도 있지만, 자라면서 흐릿한 물속 환경에 맞추어 눈과 피부의 색이 탁해진다고 한다. 하지만 내 생각에 가장 멋진건 연분홍색 피부에 눈이 까만 백변증 아홀로틀이다. 초등학교 수백 곳의 교실에서 수조에 키우는 아홀로틀을 비롯해 스티커나 티셔츠, 심지어 푹신한 봉제인형으로 종종 보게 되는 것도 대부분 이 종류다. 연분홍빛 얼굴에 양쪽 입꼬리를 위로 올리고 인상적이면서도 만만찮은 미소를 띠고 있는 모습 말이다.

중학교 체육 시간이 끝난 뒤 탈의실에서 '웻 앤 와일드' 브랜드의 다양한 색 립스틱을 발라본 기억이 난다. 그중에는 캔디 애플처럼 새빨간 색도 있었다. 엄마는 절대 립스틱 바르는 걸 허락하지 않았고 남자아이들도 아직 내게 관심

을 보이지 않았던 시절이다. 난 그냥 실험해보고 싶었을 뿐
이다. 거울 앞에서 스팽글 달린 드레스를 몸에 대보듯 색조
화장품을 뺨에 갖다 대보고 싶었다. 그래도 친구들의 손가
방 안 립스틱 케이스가 주사위처럼 달각거리는 소리는 마
음에 들어서, 가장 화려하고 대담한 빨간색을 발라 보려고
집어 든다. "네 피부색엔 빨간 립스틱을 바르면 안 돼, 그
대신 이걸 써봐." 나 말고는 유색인종 친구가 전혀 없는 여
자아이가 이렇게 말한다. 그 애가 아는 사람 중에 피부가
갈색인 건 〈코스비 쇼〉 출연진뿐이다. 하지만 나는 그 애를
동경하고 이 학교에서는 아직 전학생에 불과하다. 혹시라
도 그 애가 점심시간에 날 기다려주지 않게 되는 건 싫다.
그래서 미소를 짓고 어깨를 으쓱하며 "그렇겠네"라고 중
얼거린다.

  하지만 나는 한 번 발라본 것만으로 이미 그 빨간색과 사
랑에 빠졌다. 어느 정도는 그 색이 두렵기도 하다. 눈 점막
의 핏기와 같은, 내 입의 윤곽선을 더욱 또렷하게 드러내
는 붉은색. 선생님이 나를 지목해야만 대답하는 입. 정답을
알면서도 지난 학년에 그랬듯 올해도 누군가 눈을 굴리며
"아이고, 모범생 나셨네"라고 중얼거릴까 두려워 꾹 닫혀
있는 입. 그래서 나는 화장지를 뭉쳐 빨간 립스틱을 닦아내

고 억지웃음을 띠며 탈의실을 나선다. 내 얼굴을 창백하고 메말라 보이게 하는 연분홍 립스틱을 바른 채.

　설사 재직 교수 심사위원회의 누군가가 캠퍼스 밖에서 나와 마주칠 때마다 기도하듯 두 손바닥을 모으고 꾸벅 목례를 하며 "나마스테!"라고 외친다 해도, 아홀로틀을 생각하면 미소를 지어 보일 수 있다. 이미 몇 번이나 나는 감리교 신자라고 이야기했지만, 그는 내 말이 들리지 않거나 들었지만 상관없다는 듯 킥킥 웃으며 호주머니에 양손을 집어넣은 채 꽁꽁 언 주차장을 걸어갈 뿐이다. 아홀로틀은 얼굴 가득 환하지만 가식적인 미소를 띠고 있다. 언제나 상냥하게 양쪽 입꼬리를 위로 올리고서.

　아홀로틀에게서 미소 다음으로 두드러지는 특징은 머리 양옆에 세 개씩 돋아나 뒤통수 쪽으로 뻗은 겉아가미일 것이다. 마치 목을 감싸고 화려하게 반짝이는 진홍빛 깃털 화환 같다. 아홀로틀은 보통 30센티미터 조금 넘게 자라며 지렁이, 갯지렁이, 벌집나방 유충 등 다양한 벌레를 먹이로 삼는다. 곤충 애벌레나 갑각류, 잡을 수만 있다면 작은 물고기도 마다하지 않는다.

　과학자들은 아홀로틀의 사지 재생 능력을 오래전부터 연구해왔다. 아홀로틀은 상처를 보호해주는 흉터 조직이 없음에도 그런 재생 능력을 지녔는데, 이는 동물계에서 매우 드문 일이다. 아홀로틀은 부러진 턱도 재생할 수 있으며, 최근의 실험에서는 심지어 과학자들이 절단한 척수마저 재생되었다.

《사이언티픽 아메리칸》에 따르면 발목, 무릎, 허벅지 등 아홀로틀의 사지 어느 지점을 절단하든 새로운 다리가 생긴다고 한다. 사지를 수백 번 절단한다 해도 아홀로틀의 미소는 변함이 없으며 매번 다년생 식물처럼 새로 다리가 돋아난다. 봄이 오기 직전에 유난히 심한 폭설이 쏟아지고 이렇게 혹독한 겨울 뒤에는 도저히 싹이 못 틀 거라 생각해도 매년 작고 하얀 크로커스 순이 질퍽하고 엷은 토양에서 솟아나오듯이. 치유 불가능해 보이는 상처도 신체의 한계에 굴복하기를 거부하며 "다 나았어. 몇 번이든 나을 수 있어"라고 말한다.

실험 과정에서 아홀로틀의 사지는 수백 번 거듭 절단된다. 이런 실험을 95일쯤 하고 난 실험실 과학자는 뭐라고 말할까? "다섯 번만 더 하면 돼, 그럼 보고서를 끝낼 수 있어"라고? 그는 어떻게 잘려나간 수백 개의 사지를 잊고 집으로 돌아갈 수 있는 걸까? 아홀로틀의 사지가 그토록 빨리 재생되는 걸 보면 이 동물이 멸종위기종이라는 생각을 좀처럼 떠올리기 어렵다. 수조 안에서 '미소'를 띤 채 분홍빛 아가미를 살랑거리며 입을 꾹 다문 내 얼굴을 빤히 바라보는 아홀로틀을 마주볼 때면.

더욱 참담한 점은 국제 자연보전연맹 창립자들에 따르면 이제는 야생 아홀로틀이 존재하지 않는다는 것이다. 단한 마리도! 멕시코의 두 호수에서 야생 아홀로틀이 활발하게 서식하던 때도 있었지만, 2013년 이후로는 야생 아홀로틀이 발견되었다는 보고가 전혀 없다. 호수 하나는 멕시코시티가 성장함에 따라 증가한 인구를 수용하기 위해 배수되었고, 다른 호수는 아홀로틀 알을 초콜릿처럼 넙죽넙죽 삼켜대는 송어가 들끓는다. 이제 아홀로틀은 수족관이나 관상어 가게에서만 찾아볼 수 있다.

아홀로틀의 평온해 보이는 얼굴에 넘어간 사람들은 이 동물이 실제로도 귀엽고 차분할 거라고 착각하지만, 아홀로틀은 적어도 식습관에 있어서는 상당히 다혈질이며 때로는 야만적이기까지 하다. 그러나 자연의 섭리 때문인지 우리는 본능적으로 아홀로틀을 수조에 가두어놓고 어느 정도 떨어져 바라보고 있다. 아홀로틀의 앞다리 끝에 붙어 있는 건 깜찍한 분홍빛 별이 아니라 고기를 찢어발기는 데 유용한 발톱이다. 그리고 녀석들이 식사할 때 갯지렁이를 뭉텅이로 집어 입안에 쑤셔 넣는 모습을 보면, 태초의 혼돈 속에서 어떻게 은하계가 자전하기 시작하고 계속 성장해 나가게 되었는지 이해할 것도 같다.

춤추는개구리
DANCING FROG
Micrixalus adonis

야외 취사와 댄스파티의 계절, 여름이 온 게 분명하다. 아무리 춤 얘기를 해도 질리지 않으니 말이다―정확히 말하자면 춤추는 동물 얘기지만. 게다가 나만 그런 게 아니다. 얼마 전 개구리 신종이 한꺼번에 **열네 가지**나 발견되는 초유의 사태로 파충류 및 양서류 학계 전체가 들썩거리고 있다. 이 소식을 처음 전한 것은 우리 아빠의 고향인 남인도 케랄라주의 양서류 연구자들이었다. 케랄라주는 다른 어디서도 볼 수 없는 온갖 동식물종이 서식하는 생물다양성의 용광로와 같은 곳이다. 새로 발견된 열네 가지 종은 모두 춤추는개구리속이다.

'춤추는개구리'라는 말을 들으면 많은 사람이 옛날 루니 툰스 만화영화에 나왔던 재미난 이름의 캐릭터 미시건 J. 프로그를 떠올릴 것이다. 실크해트를 쓰고 지팡이를 든 채 〈헬로, 마 베이비〉를 노래하며 아무도 자기를 보지 않을 때만 춤추던, 하지만 일단 춤추기 시작하면 그 어떤 캉캉 무용수보다도 활기차게 다리를 하늘로 차올리던 개구리 말이다. 이처럼 특이한 춤을 보여주는 것은 미시건 J.와 같은 수컷 개구리뿐인데, 몸집이 큰 개구리일수록 더 자주 '춤'을 춘다고 한다. 이 춤은 구애 의식이자 '물러서, 이 숙녀분은 내가 찜했어'라는 신호이기도 하다. 수컷과 암컷의 성비가 종종 100대 1에 이르기도 하는 정글의 무도장에서는 그런 신호가 반드시 필요하다. 수컷 개구리는 시원한 물가의 축축한 바위 위에 자리를 잡은 다음 다리를 번갈아가며 한쪽씩 뒤로 뻗는다. 다리를 쭉 뻗으면서 발가락도 최대한 벌려 그사이의 물갈퀴를 우산처럼 쫙 펼쳐 보인다. 다른 수컷에게 "저리 가!"라고 알리는 동시에 암컷에게는 "와서 같이 놀자!"고 꼬드기는 수신호인 셈이다.

몸집이 골프공만 한 춤추는개구리는 강우 패턴과 수면의 높이에 지극히 민감하다. 번식에 성공하려면 그런 민감함이 필수적이기 때문이다. 일단 암컷과 수컷의 마음이 맞으면 암컷도 **나름대로** 춤을 추기 시작한다. 뒷다리를 자갈과 진흙 속에 집어넣고 알을 낳을 둥지를 파기 시작하는 것이다. 대체로 수위가 돌바닥을 살짝 덮을 정도로 낮은 지점을 찾는데, 수량이 너무 풍부하면 알을 낳다가 물길에 휩쓸려갈 수 있고 너무 빈약하면 알이 하천 바닥에 닿지도 못한 채 바싹 말라 죽어버릴 가능성이 커서다. 알을 다 낳으면 암컷은 자기 등에 올라타고 있던 수컷을 떨구어버리고, 수컷은 다른 축축한 바위를 찾아가 춤추며 저녁을 보내러 떠난다. 실로폰처럼 청량한 소리를 내며 졸졸 흐르는 맑은 물살을 반주자 삼아서.

하지만 슬프게도 이 발견에 대한 양서류 연구자들의 기쁨은 오래가지 못했다. 춤추는개구리는 발견 즉시 멸종위기종으로 분류되었는데, 인도의 이 푸르른 열대 우림 지역을 덮치는 변덕스러운 계절풍 패턴 때문이었다. 기록적인 고온으로 개구리 서식지가 메말라간다는 걸 알게 된 과학자들은 인도 정부에 그리 넓지 않은 이 지역을 삼림 벌채와 공해로부터 지켜달라고 청원했다. 많은 양서류 연구자들이 '미지의 멸종', 다시 말해 다른 춤추는개구리 종들이 미처 발견되기도 전에 멸종되어버리는 사태를 염려하고 있다. 게다가 멸종 자체도 결코 사소한 재난이 아니다. 8천

5백만 년에 이르는 진화의 역사와 이 개구리 종의 고유한 연계가 사라지는 셈이니까.

우울한 이야기라는 건 안다. 하지만! 이토록 많은 종이 사라지고 있는 시대에도 새로운 개구리가 열네 종이나(**열넷이라니!**) 발견되었다는 사실 자체가 한 줄기 희망임을 잊지 말아야 한다. 개구리는 지구의 중요한 생물지표다. 춤추는개구리의 건강이 우리 생물권 전체의 건강과 밀접하게 연결되어 있다는 의미다. 이 세상에서도 손꼽히게 아름다운 지역, 남인도의 고츠 산맥 아래로 서늘한 하천이 흐르는 그곳에서 일말의 희망적인 소식이 전해져온 것이다. 그러니 지금으로서는 그 작은 개구리들이 무사하고 그늘진 바위 위에서 발을 뻗어 올리며 흘러가는 자갈과 물과 바람 속에서도 자기들의 길을 나아가고 있다는 소식이 기쁠 따름이다.

흡혈오징어
VAMPIRE SQUID
Vampyroteuthis infernalis

표해수대[해수면으로부터 수심 200미터까지의 해수대. 광합성에 충분한 빛이 들어오기 때문에 플랑크톤을 비롯한 해양 동식물 대부분이 밀집되어 있다] 저 아래 영원히 심해어의 불빛만이 반짝이는 어둠 속, 시간을 알려주는 햇살이라곤 내리지 않는 곳에서 흡혈오징어는 먹음직스러운 바다 눈[雪]을 찾아 미끄러져간다. 바닷속의 비듬과도 같은 이것은 사실 심해의 수백 미터 위에서 죽은 물고기들이 분해된 입자다. 흡혈오징어는 여덟 갈래 촉수와는 별도의 기다란 두 줄기 피부 조직으로 바다 눈을 받아먹는다. 유난히 배고플 때면 커다란 눈알로 더 큰 먹이, 그러니까 어두운 물속에서 느릿느릿 움직이는 풍선장어나 아귀의 불빛을 주시하기도 한다. 흡혈 오징어의 눈은 커다란 구슬 정도의 크기지만, 몸과의 비율로 따지면 지구 동물 중에서도 가장 큰 축에 속한다.

위협을 받았거나 모습을 감추고 싶을 때면, 흡혈오징어는 그 어떤 바다 생물보다도 더 놀랍고 인상적인 구경거리를 선보인다. 규칙적인 속도로 헤엄쳐 가면서 반짝이는 촉수 끝을 각각 다른 방향으로 휘저어 포식자를 혼란시키는 것이다. 더욱 빨리 달아나기 위해서 제트 추진을 활용하기도 하는데, 지느러미를 몸통 쪽으로 펄럭이면서 촉수를 하나로 모아 흡관에서 물줄기를 뿜어내는 방식이다. 그런 다음에는 촉수를 전부 머리 위로 올려 '파인애플 자세'를 취한다. 촉수 아래쪽에는 '만각'이라 불리는 작은 이빨 같은 가시가 줄줄이 나 있어서, 자길 간식거리 삼겠다고 따라오는 놈은 누구든 물어뜯어 버리겠다는 것처럼 보인다.

게다가 그 정도로는 포식자를 쫓아내기 부족하다는 것처럼, 먹물 대신 형광색으로 빛나는 점액 무더기까지 내뿜는다. 반짝이며 소용돌이치는 점액질에 포식자는 한순간 어딜 어떻게 삼켜야 할지 몰라서 당황하고, 그러는 사이 흡혈오징어는 몇 미터 떨어진 곳까지 도망친다. 내가 쫓아가던 사람이 갑자기 멈춰 돌아서더니 커다랗고 끈적이는 초록색 스팽글을 양동이째 내 면전에 쏟아 붓는다고 상상해 보라.

내가 흡혈오징어였으면 하고 간절히 바랐던 것은 고등학교 전학생 시절이었다. 내가 자라는 동안 우리 가족은 수도 없이 이사를 다녔지만, 그중에도 고등학교 2학년과 3학년 사이가 가장 힘들었다. 한 학년이 100명 정도인 뉴욕 서부의 고등학교에서 500명도 넘는 오하이오주 데이턴 교외의 비버크릭으로 이사하면서 2학년 전체 회장에서 친구 하나 없는 아이로 전락했으니까. 나는 테니스부에 가입했다. 테니스에 관심은 전혀 없었지만, 그러면 적어도 연습 시간 동안만은 혼자 있지 않아도 되었기 때문이다. 점심 도시락은 도서관이나 아무도 오지 않는 계단참에서 먹었다. 좀처럼 눈에 띄지 않고 컴컴하며 목발을 짚거나 휠체어를 타는 학생만 드문드문 이용하는 교내의 유일한 엘리베이터 복도에서 먹기도 했다. 여기저기 긁히고 낙서투성이인 화장실 칸막이 안에 서서 서글프게 땅콩버터 잼 샌드위치를 씹은 적도 있다. 시간을 때우기 위해 나는 칸막이 문에 휘갈겨진 낙서를(대부분 음란한 내용이었지만 이따금 재치 있는 것도 있었다) 하나하나 읽었다. 이 모두가 나랑 얘기하는 사람이 없다는 사실을 아무에게도 들키지 않기 위해서였다.

그 1년 동안 나는 두족류였다. 그때만큼 사라지고 싶다고, 깊은 바닷속으로 숨어들고 싶다고 간절히 생각했던 시기도 없었다. 그 전까지 나는 새 학년 첫날도, 새로운 사람들을 만나는 것도 두려워하지 않았다. 하지만 어느 날 테니스 연습이 끝난 뒤 나만 빼고 모두가 동네 피자가게에서 만나기로 약속하는 걸 보고 나는 아무 말 없이 그 자리를 떠났다. 테니스부 동료들은 내가 어디 갔는지 궁금해했을까? 어쩌면 내가 없다는 것조차 눈치채지 못했을지도 모른다.

물론 나는 고등학교를 졸업할 때까지 어둠 속을 떠다니진 않았다. 결국엔 친구들을 사귀었고 다 함께 스쿨버스 뒷자리에 앉아서 웃곤 했다. 웅변 및 토론부의 비딱한 모범생들과 친해졌고 학교 테니스 대표 선수로 선발되어 동생과 함께 지역 대회 복식 시합에도 나갔다. 혼자 숨어 있는 일도 없어졌다. 내가 통금 시간 때문에 일찍 파티를 떠날 때면 다들 알아차리고 가지 말라며 붙잡았다. 하딩 선생님처럼 내 가능성을 알아보고 꽃피워주려는 교사도 만났다. 가식적으로 들리겠지만, 그 시절 만난 친구들 덕분에 나는 '우리 중 하나가 잘되면 **다들** 잘되는 것'이라는 말을 진심으로 믿게 되었다. 나를 아낌없이 사랑해주는 친구들 앞에서 쿨한 척해봤자 의미 없는 일이었다. 친구들은 내 동족이

자 친척과도 같았다. 다들 졸업식 날 하늘로 던져 올린 학사모가 떨어지기도 전에 뿔뿔이 흩어져갔고 이제는 미 대륙 여기저기에 떨어져 살지만, 대부분은 여전히 내 친구로 남아 있다.

하지만 내가 사라지고 싶다는 생각을 멈추게 된 특별한 계기가 있었던 것은 아니다. 내가 어떻게 그 고독에서 빠져 나왔는지, 내 청춘의 가장 깜깜하고 고독했던 한 해를 어떻게 견뎌냈는지 나로서는 알 길이 없다. 다만 언젠가부터 더 이상은 반쯤 남긴 도시락을 허둥지둥 쓰레기통에 던져 넣지 않게 되었다. 도서관에 죽치고 있으면서 사서가 이상하게 생각할까 봐 '과제 조사' 중이라고 거짓말하는 일도 없게 되었다. 그 대신 공책 여러 권을 빼곡히 채워가며 글을 쓰기 시작했다. 책이나 영화나 비디오에서는 나처럼 생긴 사람을 한 번도 본 적이 없었기에, 글쓰기를 통해 내 존재를 발견하고 싶었다. 그 시절에 갈겨쓴 글들은 결코 시라고 할 만한 것이 아니었지만 적어도 시적 특징은 갖추고 있었다. 나는 은유라는 것을 (서툰 모방을 통해) 독학하는 중이었다. 운율이 주는 음악적 희열과 폭발을, 내가 쓴 글을 크게 읽을 때 혀끝에 느껴지는 짜릿함을 깨달아가고 있었다. 나는 다시 물 위로 떠올랐다. 부모님과 교장 선생님에게 한 학년 먼저 입학하게 해달라고 졸랐던 당돌한 아이로 돌아갔다. 그리고 나는 우정에 굶주려 있었다.

나는 두족류 시절을 벗어났고 깜깜한 심해를 떠나 왔다. 하지만 여전히 그곳에서 지낸 시기에 감사한다. 그 어두운 한 해가 아니었다면 어떻게 내가 가르치는 학생들의 얼굴을 제대로 읽을 줄 알았겠는가? 내 아이들이 방과 후 집에 돌아왔을 때 하던 일을 전부 내려놓고 그 애들이 무사히 즐겁게 지냈는지 꼼꼼히 살필 수 있었겠는가? 스쿨버스에서 아무도 내게 말을 걸지 않았고 밸런타인데이 카드나 데이트 상대도 없었던 그 한 해가 아니었다면, 나는 지저분한 배낭을 메고 홀로 구석 자리에 앉아 아무와도 눈을 마주치지 않는 학생에게 어떻게 말을 걸어야 할지 몰랐을 것이다. 내가 지목하지 않는 이상 수업 시간에 절대 입을 열지 않고 다른 수업 중에도 말 한마디 하지 않는 학생이다. 그 고독이 자청한 것인지, 아니면 누군가의 눈에 띄어 (과거에 내가 누렸던 것과 같은) 우정을 꽃피우고 싶다는 굶주림을 숨기기 위한 것인지도 그 한 해가 아니었다면 결코 알아볼 수 없었으리라. 그 애의 머리칼은 대충 한 무더기로 묶여 정수리에 얹혀 있는데, 그 멋대로 헝클어진 머리 모양에 나는 은근한 애정을 느낀다. 그 애는 허구한 날 지각하지만 수업이 끝나면 항상 가장 마지막으로 강의실을 나서고, 하루도 빠짐없이 강의계획서를 미리 읽어오며, 내가 독감으로 일주일 휴강하고 복귀한 뒤에는 이렇게 말해주었다. "선생님이 그리웠어요. 오늘 이렇게 돌아와주셔서 정말 기뻐요."

"나도 기쁘단다." 나는 진심으로 이렇게 대답한다. 그런 학생이 나를 얼마나 활짝 웃게 할 수 있는지, 그 한 해가 아니었다면 나는 정말 몰랐을 것이다.

계절풍
MONSOON

케랄라에서는 비가 오는 날에도 다들 알록달록한 스쿠터를 탄다. 친구나 연인까지 뒤에 태우고 달리는 사람도 있다. 사리sari나 추리다르[churidar, 인도 여성들이 입는 몸에 딱 붙는 바지] 차림의 여자는 다리를 한쪽으로 모으고 남자친구의 스쿠터 뒷자리에 앉는다. 한 손으로는 푹신한 안장 가장자리를 붙잡고 다른 손으로는 자신과 남자친구에게 검은 우산을 씌워주면서. 두 사람이 비에 젖은 동네 골목을 달려가는 동안 들리는 것은 25센트 동전만큼 커다란 빗방울이 요란하게 쏟아지는 소리와 스쿠터 엔진이 부릉대는 소리뿐이다.

하지만 계절풍 기간에도 이곳의 비는 그리 위협적이진 않다. 저 멀리서 누군가 씨앗 봉지를 흔들어대는 것 같은 소리가 들리다가 잠시 멈추면 계절풍이 가까이 왔다는 뜻이다. 바로 다음 순간 비가 쏟아지기 시작할 것이다. 팔랑나비나 청띠제비나비가 무리 지어 실론계피나무 숲 위로 날아다니다가 갑자기 사라져도 계절풍이 온다는 신호다. 공작새 가족이 벵골보리수 위에 모여 가족사진이라도 찍는 것처럼 꼼짝 않고 가만히 있으면, 곧이어 요란한 빗소리가 들려올 것이다.

작은 박쥐의 열광적인 날갯짓에서 일어나는 바람 냄새를 맡을 수 있다면, 불그스름한 땅에 닿도록 겸손하게 고개를 숙인 바나나 잎사귀 냄새를 느낄 수 있다면, 하늘을 순식간에 휙 스쳐가는 구름 냄새를 감지할 수 있다면, 바로 **그것이** 계절풍 장마 냄새다.

계절풍은 1년에 두 번 인도 남서부 해안을 눈부시게 빛나는 신록으로 물들인다. 그 두 번 중에서는 5월과 8월 사이의 남서 계절풍이 더 거세고, 10월에 오는 북동 계절풍은 아침부터 저녁까지 가벼운 안개비로 사람들의 얼굴을 간지럽힌다. 내가 동네 식품점 농산물 코너에 멈춰 서서 아스파라거스 순이나 무르익은 라즈베리를 살펴보려고 할 때마다 물을 뿜어내는 수분 살포기처럼. 남서 계절풍이 오면 페리야르 강과 바라타푸자 강의 은빛 강줄기는 더욱 깊고 넓어지며, 서쪽의 험준한 고츠 산맥으로 향했다가 깊은 산속에서 뿌옇게 하나로 섞여 마침내 아라비아 해로 흘러든다. 물가에는 코코넛 나무의 가지가 늘어져 한데 얽혀 있다. 저 멀리 다리 위에 서서 보면 하늘과 물이 하나로 녹아들고 그사이 나무가 초록빛 별처럼 떠 있다.

검은 코브라를 죽여 나무 위에 걸면 비가 온단다.

달무리가 생기면 비가 온단다.

까마귀가 울면 비가 온단다.

소들이 드러누우면 비가 온단다.

비둘기 두 마리가 같은 방향을 보며

협죽도 나무에 앉으면 비가 온단다.

바이올렛 구아바 열매의 씨를 네 개 삼키면 비가 온단다.

개미를 밟으면 비가 온단다.

오렌지색 달이 뜨면 비가 온단다.

개가 풀을 뜯으면 비가 온단다.

케랄라에 사는 우리 할머니에게 비는 변치 않는 친구와

나는 아직 여기 있어

같다. 케랄라는 '코코넛의 땅'이지만 비의 땅이기도 하다. 나는 대학원 1학년생이다. 예전에도 인도에 가본 적은 있지만 부모님 없이 동생이랑 가는 건 처음이다. 할머니가 사는 코타얌 마을의 시장을 거니는 동안 빗소리가 내 귓가에 속살거린다. 내 목덜미를 따라 흐른 비는 방금 바른 모기 기피제 때문에 미끌미끌한 살갗 위에서 방울져 떨어진다. 미간에는 거무스름한 얼룩이 생겼다. 고심하며 찍은 빈디 [인도 여성이 이마에 찍는 작은 점]가 빗물에 씻겨 콧등으로 흘러내린다.

심지어 지붕 달린 뒤뜰에 서 있는 동안에도 뜨겁고 굵다란 빗방울이 얼굴을 적신다. 그때 사리를 입은 세 여자들이 눈에 들어온다. 우리 할머니의 코코넛 숲에서 열매를 훔치려고 초록빛 유리병 파편이 얹힌 시멘트 담벼락을 타 넘는 그들의 자태가 몽구스를 보고 뿔뿔이 흩어지는 알록달록한 새들처럼 우아하다. 나는 할머니와 그분의 운전기사를 소리쳐 부르고 여자들에게 "이봐요! 거기 서요!"라고 외치지만, 때는 이미 늦었다. 복숭앗빛 시폰 사리를 두른 할머니가 달려올 즈음엔 그들은 이미 숲속으로 사라져 버린다.

열한 살 난 사촌 안자나와 나는 할머니의 갈색 벨벳 소파에 앉아서 인도 MTV를 시청한다. 그러던 어느 날 갑자기 텔레비전이 치직거리며 꺼져버린다. 마을에 툭하면 발생하는 정전 때문이다. 할머니는 그런 경우를 '전기가 끊겼다'고 말한다. "아침에 세탁을 해놔야겠구나. 전기가 끊기기 전에" "아이스크림 다 먹어치우렴. 전기가 끊기면 다 녹을 테니까" "우리 동네엔 아기가 너무 많이 태어나. 전기가 끊겨서 그래"라는 식이다. 안자나와 나는 가만히 텔레비전 화면만 바라보며 앉아 있다. 일주일 전까지만 해도 사진으로만 서로의 얼굴을 보아왔던 사이니까. 안자나가 먼저 입을 연다.

"가끔 할머니들이 천장 선풍기에 개구리 한 마리를 매달아. 작은 개구리 말이야, 알지? 그러고 나서 큰 소리로 노래를 불러. 개구리가 목이 말라서 물이 필요하다는 노래 말이야. 그러면 가족들이, 하녀까지도 몽땅 둘러서서 구경해. 천장에 매달린 채로 빙빙 돌아가는 개구리를 말이야. 끔찍하지? 근데 말이야, 그러고 나면 다음 날엔 비가 오거든!"

"개구리는 어떻게 되는데?" 내가 묻는다.

"아무 일 없어. 아마도 하녀가 도로 놔줄걸."

내가 벌레에 대해 느꼈던 결벽이나 두려움은 케랄라에 도착한 지 사흘도 안 되어 사라진다. 밤에 불을 켜두면 벌레들이 날아들어 침대 위 모기장에 요란한 소리를 내며 부딮친다는 걸 알고 나서, 친구들에게 보내는 항공우편 엽서는 낮에만 쓰기로 한다. 밤마다 몇 번이고 모기장 끝자락을 서늘한 매트리스 모서리에 꼭 맞추어 찔러 넣는다. 오른손으로 양치질을 하면서도 왼손으로는 이미 누군가의 피를 빨아 묵직한 몸으로 윙윙 날아다니는 모기로부터 내 살갗을 지키려고 이리저리 허공을 움켜잡는다. 손바닥을 펴면 까만 별표 같은 모기 시체가 가득하다.

다음날 아침 동생과 나는 운전기사를 불러 벰바나드 해변으로 드라이브하자고 할머니를 조른다. 종일 이어진 정전으로 습하고 적막한 집에서 멀리 나가고 싶었던 것이다. 반 시간을 달리는 동안 차창 밖으로 양손을 오므려 잠자리를 붙잡는 맨발의 어린아이들이 스쳐간다. 계절풍으로 흐려진 잿빛 하늘 아래 파닥이는 푸른 잠자리 날개를 지켜보며 아이들의 얼굴이 환하게 빛난다. 그들의 가족은 빈 쌀자루를 묶어 지붕을 이은 집에서 살고 있다. 폭우가 박쥐 날개 냄새를 싣고 쏟아져 내리는 새벽과 오후에 그들은 어떻게 비를 피하는 걸까.

비가 멎으면 환상적인 냄새가 풍겨온다. 음식 축제를 찾아다니는 식도락가들이 부러워서 기절할 만한 냄새다. 계란 카레, 코코넛 밀크에 넣어 익힌 두꺼운 생선살 스테이크, 칠리 치킨, 국수를 넣은 파야삼[쌀 등의 곡물에 설탕과 우유를 넣어 만드는 남아시아 디저트. 힌디어로는 키르라고 한다] 푸딩, 꿀을 넣은 달콤한 할와[곡물 가루에 설탕과 우유, 액상 버터를 넣고 졸여 만드는 디저트] 덩어리를 나무 식탁에 올려놓고 식히는 중이다. 이곳 사람들은 대부분 야외에서 요리를 하며 음식을 넉넉히 만들어 불우한 이웃과 나눠 먹는다. 먼 친척 삼촌과 숙모, 하녀들, 운전기사들, 개와 공작새들, 집에서 기르는 소까지 온 식구가 드러누워 달콤한 낮잠을 즐긴다. 빗발이 다소 약해지면 저녁 식사 준비가 시작될 것이다. 아직 날이 꿉꿉하긴 하지만 다들 배불리 실컷 먹어 만족스러운 상태다.

공작새가 가족을 만든 이야기 : 어느 말썽꾸러기가 길에 흐른 기름을 빗물 웅덩이로 착각하고 뛰어들었다가 미끌미끌한 달 모양 발자국을 남겼대. 그 발자국이 모여 끈적이는 궤도를 이루었고 그 궤도가 푸른색 가슴이 되었대. 그 가슴에서 젖이 흘렀고 젖을 먹으니 울음소리가 나왔대. 뜨거운 시나몬 크림을 입에 물고 목을 울리는 것 같은 공작새 특유의 새된 울음소리 말이야.

우리는 리조트에 도착한다. 관광객들이 하루나 일주일 동안 선상 가옥을 빌릴 수 있는 곳이다. 이곳에는 할머니 집에서 가장 가까운 아이스크림 가게와 자체 발전기도 있다. 수컷 공작새 한 쌍이 우리가 탄 차로 다가와 앞을 가로 막는다. 내가 아는 새들은 비가 내리려는(혹은 사람이 다가오려는) 기미만 보여도 헐레벌떡 흩어져 달아나는데, 이 공작새들은 우리를 똑바로 노려보다가 할머니가 손가방을 휘두르자 겨우 그 자리를 떠난다. 케랄라의 유명한 코이어[코코넛 껍질 섬유] 선상 가옥이 다시 폭우가 쏟아지기 전에 승선할 관광객 무리를 기다리며 서 있다. 나는 인도양이 아라비아해에 살며시 섞여드는 고운 모래 해안으로 달려 내려간다. 키가 142센티미터밖에 안 되는 할머니가 모래 위로 발을 끌며 허둥지둥 나를 뒤따라온다. "에이미, 에이미. 가만있어봐라. 이런! 그새 모기한테 얼굴을 더 뜯겼구나. 이런 꼴로 집에 보내면 너희 아빠가 뭐라겠니? 안에 들어가서 아이스크림이나 먹자꾸나!"

● 코르네토 아이스크림 가게의 메뉴 ●
Cornetto Ice Cream Parlour Menu

- **벰바나드 해안 선데: 49루피**

더 보트 – 아이스크림 세 덩어리, 으깬 딸기, 바나나 조각, 각
종 과일

아이스크림 샌드위치 – 아이스크림 세 토막, 마블 케이크[두
가지 반죽을 섞어 대리석 무늬를 만든 파운
드케이크], 캐러멜 입힌 견과류, 소스,
젤리

더 애프리콧 – 바닐라, 스패니시 딜라이트 아이스크림[초콜릿
소스와 견과류가 들어가는 아이스크림], 살구 소스,
생살구, 아몬드

더 패스트리 – 바닐라&초콜릿 아이스크림, 패스트리, 소스,
캐러멜 입힌 견과류, 갈아낸 밀크초콜릿

- **벰바나드 칵테일: 39루피**

벰바나드 뷰티 – 세 가지 맛 아이스크림, 리치 열매, 마블 케
이크, 블랙커런트 소스

미스 굴비 – 굴랍 자문[인도식 치즈를 경단 모양으로 빚어 기름에

튀긴 뒤 시럽에 재운 디저트], 바닐라 아이스크림,

캐러멜 입힌 견과류, 소스

크림 채널 – 버터스카치&바닐라 아이스크림, 젤리, 바삭하게

구운 견과류, 버터스카치 소스와 건과일 토핑

펀크림 – 바닐라 아이스크림, 젤리, 생과일, 쌀국수, 사포딜라

열매, 견과류

피스타팔루다 – 피스타치오 시럽, 생과일, 쌀국수, 젤리, 아몬

드, 바닐라 아이스크림 한 숟갈

조커 2000 – 귀와 코가 달리고 모자를 쓴, 어린이를 위한 아

이스크림 맨

나는 '조커'를 선택한다. 얼굴과 팔다리가 모기 물린 자
국투성이라 좀처럼 웃을 기분이 나지 않아서다. 어젯밤 면
봉으로 칼라민 로션[모기 물린 상처에 바르는 소염제]을 바르
면서 세어보니 부어서 화끈거리는 곳이 75군데나 되었다.
할머니가 갑자기 상한 우유 냄새라도 맡은 것처럼 기묘한
얼굴로 나를 쳐다보지만, 나는 할머니를 외면하고 저 멀리
굽어진 코코넛 나무만 쳐다본다. 내가 먹을 디저트 정도는
직접 고를 수 있는 의젓한 어른처럼 보이려고 애쓰면서. 이
곳의 나무줄기는 갈겨 쓴 필기체 글씨처럼 구부러져 있다.

활짝 펼친 초록색 손바닥 같은 야자나무마다 열매가 주렁주렁 맺혔다.

하지만 미심쩍어한 할머니가 옳았다. 웨이터는 특제 미스 굴비와 피스타팔루다부터 내온 뒤 곧바로 내가 주문한 조커 2000을 들고 우리 테이블로 돌아온다. 접시가 어찌나 작은지 거의 찻잔 받침만 하다. 동생이 안쓰러움과 당황스러움이 뒤섞인 표정을 지으며 날 바라본다. '고작 그걸 먹겠다고 운전기사까지 부른 거란 말이야?' 알고 보니 '조커'는 그 가게의 끈적거리는 코팅 메뉴판에 적힌 아이스크림 중에서 유일하게 마드라스의 공장에서 만들어오는 제품이었다. 메뉴판의 설명대로 안경과 야구 모자를 쓴 얼굴이 미스터 포테이토헤드를 떠올리게 했고, 먹어보니 지독하게 단맛이 난다.

청량음료도 귀하게 여겨지는 지역이니(냉장고는 주로 육류 보관용이었고 그나마 계절풍 기간에는 정전이 잦아서 못 미더웠다) 아이스크림은 호사 그 자체라고 할 만하다. 나는 마지막 한 숟갈까지 아껴 가며 먹지만, 동생이 미스 굴비를 두 번 떠먹기도 전에 접시를 비우고 만다. 푹푹 찌는 더위에도 불구하고 나는 동생의 푸짐하고 먹음직스러운 아이스크림과 설탕 입힌 견과류를 탐내지 않으려 애쓴다. 저 멀리서 울어대는 공작새 소리와 파인애플 조각을 싹싹 긁어 먹는 할머니의 숟가락이 접시에 쨍그랑 부딪히는 소리에 집중하다 보니, 적어도 몸 여기저기 부어오른 모기 물린 자국은 잊어버릴 수 있다.

감사하게도 할머니가 내게 다른 메뉴를 추가로 시켜주겠다고 한다. 나는 갑자기 여덟 살로 돌아간 기분이 되어 빙그레 미소 짓는다. 더위와 모기떼, 낯선 사람들의 눈길에 초조했던 마음도 가라앉는다. 그저 기쁠 따름이다. 할머니가 말라얄람어로 내 메뉴를 대신 주문해도 가만히 있고, 할머니와 웨이터가 나에 관한 농담을 주고받는 게 분명한데도 얼굴 한 번 찌푸리지 않는다. 내 앞에 촉촉한 바닐라 초콜릿 케이크 조각과 아이스크림이 겹겹이 쌓인 메뉴가 놓이자 동생은 그것이 뱀바나드 뷰티일 거라고 짐작한다. 하지만 메뉴판의 설명과 달리 리치 조각은 들어 있지 않고, 그 대신 묽은 과일 잼 같은 짙은 색 시럽이 바닐라 아이스크림과 함께 혀끝에서 달콤하게 녹아든다.

저 멀리서 공작새가 계속 지저귀고 있다. 후미를 따라 구릿빛 피부의 늘씬한 뱃사공들이 대나무 장대로 2층짜리 선상 가옥을 저어간다. 장대가 첨벙 하고 물에 잠기더니 사위가 조용해진다. 첨벙, 그리고 고요. 첨벙, 그리고 고요. 선상 가옥이 우리가 앉은 테이블을, 해변 아이스크림 가게를 지나서 장중하게 미끄러져 가는 동안, 배에 탄 누군가가 나를 향해 새하얀 이를 드러내며 눈부시게 환한 미소를 지어 보인다. 어느새 나도 그를 향해 웃어 보이고, 할머니는 흰 알루미늄 접시에 담긴 마지막 아이스크림 한 숟갈을 떠먹으며 이 모든 광경을 바라본다.

시체꽃
CORPSE FLOWER
Amorphophallus titanum

내가 아직 독신이었을 때 시체꽃은 데이트 시장의 잡초들, 느끼하고 불쾌하고 불편한 남자들을 솎아내는 유용한 수단이었다. 저녁 식사 데이트에서 식탁 맞은편에 앉은 남자가 "그런데 관심사가 어떻게 되세요?"라고 물으면 나는 지독한 악취가 나는 거대한 꽃 이야기를 꺼내곤 했다. 미국 내에서 시체꽃이 개화할 거라는 소식을 들으면 어디든 달려가곤 했다는 이야기도. 상대의 반응에 따라 그 사람과 두 번째 데이트 약속을 잡게 될지, 아니면 곧 연락을 끊게 될지 바로 알 수 있었다.

시체꽃은 세계에서 가장 큰 꽃송이를 피우며, 전체 크

기는 2.4미터에서 3미터에 달한다. 원래는 인도네시아 정글에서만 자라지만 미국의 여러 식물원에서도 수차례 실내 재배에 성공한 바 있다. 미국 최초로 개화한 시체꽃이 대중에게 선보인 것은 1937년 뉴욕식물원에서였다. 나는 2001년 위스콘신주립대학교의 아름다운 온실에서 처음으로 시체꽃을 접하게 되었다. 그 꽃을 보려고 늘어선 사람이 같은 동네에서 열린 데이브 매튜스 밴드 콘서트 입장권을 사러 간 사람보다 더 많았다는 사실에 무척 기뻤던 기억이 난다. 6월 말의 후텁지근한 날이었고 온실 기온은 29도에 육박했지만, 더위에도 불구하고 수백 명의 사람이 그 인상적인 냄새를 맡기 위해 한 시간 이상을 기다렸다.

시체꽃은 그야말로 쓰고 난 기저귀를 모아 8월 말의 땡볕 아래 놓아둔(거기다 정어리 통조림 한 통과 블루치즈 드레싱 한 병도 끼얹어 사흘 정도 방치한) 휴지통 밑바닥에서 날 법한 냄새를 풍긴다. 하지만 그런 악취와 생고기처럼 검붉은 불염포[천남성과 식물의 꽃대를 둘러싼 포엽. 언뜻 보면 꽃잎처럼 보인다]야말로 꽃가루받이를 해줄 곤충들을 끌어들이는 수단이다. 꽃가루받이가 끝나면 시체꽃은 다시 오므라진 채 몇 년간 휴면 상태로 지낸다.

몇 년 전 남편과 나는 우리 아이들을 데리고 버펄로 식물원에 다녀왔다. 시체꽃 '모티'의 개화가 임박했다는 소식을 듣고 혹시 그 광경을 볼 수 있을까 싶어서였다. 여섯 살 미만의 남자애 둘을 데리고 나가면 항상 그렇듯 그날 식물원 구경에도 몇 시간이 걸렸다. 아이들은 미모사, 파리지옥, 거대한 패모와 공룡 모양으로 다듬은 관목들을 둘러본 뒤 선인장실을 발견했고, 그 안의 신기하고도 위험한 전시물에 정신이 팔렸다(선인장은 대부분 아이들 눈높이 정도의 크기니까). 그러다 보니 어느새 모티를 보려는 관람객들이 로비를 두 바퀴 돌아 늘어서 있었다. 알고 보니 모티가 개화한다는 소식에 식물원의 115년 역사상 최다 관람객이 몰려왔다고 했다. 하지만 아이들이 경악하며 역겹다고 꺅꺅대는 소리를 들으니 한참 줄을 선 보람이 있었다는 생각이 들었다.

시체꽃의 불염포 혹은 치맛자락은 짙디짙은 적갈색을 띤다. 멀리서 보면 구불구불하게 주름진 가장자리가 플러시[길고 보드라운 보풀이 생기게 짠 옷감] 벨벳처럼 보이고, 화려한 겨울용 파티 드레스를 거꾸로 뒤집어놓은 것 같기도 하다. 하지만 이 '드레스'를 만져보면 벨벳과는 거리가 멀고 오히려 매끌매끌하다는 걸 알게 된다. 그 한가운데에는 놀랍게도 높이 3.6미터가 넘는 연둣빛 꽃대가 하늘을 향해 뻗어 있다. 꽃대 위아래 달린 노르스름한 암꽃과 수꽃이 만개하고 거대한 육질의 불염포가 펼쳐질 때쯤이면 꽃대의 온도는 거의 건강한 인간의 체온에 육박하는데, 이는 식물계에서 유일무이한 사례다. 게다가 오, 그 냄새란! 우리 인간에겐 악명 높은 냄새지만, 송장벌레 같은 야행성 곤충에게는 마치 향기로운 초대장과도 같다.

버펄로 식물원의 모티 외에도 지난 몇 년 사이 인공적 환경에서 개화에 성공한 시체꽃 개체들의 별명은 다음과 같다. 퍼트리샤, 위 스팅키[Wee Stinky, '꼬마 구린내'라는 뜻], 오드리, 옥타비아, 로지, 리틀 두기, 테라, 크로너스, 메티스, 아치, 베티, 클라이브, 티타니아, 제시, 007, 모딘, 벨벳 퀸, 막시무스, 샤넬, 페리, 리틀 존, 뉴 리키, 애런, 오디, 간텡[말레이시아어로 '미남'이라는 뜻], 스프라우트, 월리, 모티셔, 어메이징 스팅코Amazing Stinko.

특히 이 식물의 온기는 도저히 잊기가 어렵다. 시체꽃 꽃대를 만져보면 온몸에 피가 도는 사람처럼 따뜻해서 마치 내 손에 맥박이 느껴질 것만 같다. 지난주에 나는 나무들이 땅속에서 어떻게 서로 '이야기'하며 유독물질이나 벌채에 관해 경고하는지 다룬 글을 읽었다. 나무들이 균근망을 통해 동맹을 맺고 '우정'을 쌓는다는 것도 이미 잘 알려져 있다. 이런 사실들은 비교적 최근에 발견되었지만, 식물도 체온이 있고 필요에 따라 몸을 따뜻하거나 차갑게 하며 자기를 해치지 않고 도와 줄 생물종에게 신호를 보낼 수 있다는 이야기는 무척 매혹적으로 들린다. 더구나 타인에게 상처받고 이 지구상에 혼자인 것처럼 느낀 적 있는 사람이라면 그런 식물에게 얼마나 감동적인 답신을 보내줄 수 있을까.

나는 위스콘신에서 처음으로 시체꽃을 본 이후 3년 동안 전 세계를 돌아다니며 이 꽃의 개화를 추적했다. 그리고 비슷한 시기에 만난 남자들 여남은 명 중 이 놀라운 식물 이야기에 질겁하지 않고 나의 열광을 비웃지도 않은 것은 단 **한 사람**뿐이었다. 내가 '화서花序'라는 용어를 입에 올렸을 때 움찔하지 않은 것도 그 남자 딱 하나였다. 그는 심지어 시체꽃 이야기를 더 들려 달라고, 자기도 직접 그 꽃을 보고 싶다고 말하기까지 했다. 내가 시체꽃의 악취에 관해 설명해도 그는 전혀 동요하지 않는 듯했다. 어느새 거의 주말마다 저녁 데이트를 하게 된 그 초록빛 눈의 미남자가 몇 달 뒤 식사 중에 포크를 내려놓고 다음에 시체꽃 개화 소식이 있으면 자기와 함께 그리로 자동차 여행을 가자고 말했을 때는 나의 행운이 믿기지 않을 정도였다. 어디로 가게 될지는 중요하지 않았다. 나와 함께라면 어디든 가겠다는 그의 말을 듣자마자 이 남자가 진심이라는 게 느껴졌다. 드디어 내 짝을 만난 것이다.

나중에 그를 처음 만나본 엄마는 "눈이 웃는 남자구나"라고 말했다. 세상 만물에 눈빛을 반짝이고 항상 주위의 모든 사람을 기분 좋게 만들어주는 그에게 딱 맞는 표현이었다. "너도 알겠지만 눈이 웃고 있다면 정말 좋은 남자거든!" 하지만 그 순간 식당 테이블 맞은편에 앉은 그의 눈은 웃고 있지 않았다. 그의 진지한 표정을 보니 짜릿하고 감미로운 신록을, 물기를 머금고 빛나며 톡톡 터지는 열매를, 검붉은 핏빛 나날과 악취 속을 지나온 끝에 마침내 절대로 꽁무니 빼지 않을 남자를 찾았다는 확신이 섰다. 이 사람이야말로 힘들거나 낯선 상황에서도 결코 내 곁을 떠나지 않을 남자, 내가 꽃피어나는 것을 보고 기뻐해줄 남자였다.

일곱 달이 지나고 딸기 철도 끝물에 접어들 무렵, 그와 나는 부부가 되어 교회 밖으로 걸어 나왔다. 친구들이 우리 머리 위로 산호색 장미 꽃잎을 흩뿌렸다.

보넷원숭이
BONNET MACAQUE
Macaca radiata

남인도의 비는 아침이면 호수 수면에 촘촘히 구멍을 내고 오후에는 까마귀 깃털과 큐민 냄새를 싣고 온다. 해가 기울자 케랄라의 뱃사공들은 우리가 빌린 선상 가옥을 후미진 곳에 세웠고, 나는 아직 새신랑이던 남편에게 모기 물린 자국투성이인 내 발목을 보여주었다. 내가 입은 긴 주름치마 아래로 유일하게 맨살이 드러난 부위였다. 내가 하얀 드레스를 입고 이 남자와 함께 교회 복도를 걸어간 지도 벌써 1년이 지났지만, 벌레 연고를 찾거나 아스피린 좀 달라고 말하는 나를 바라보는 그의 표정은 1년 전과 똑같이 상냥하고 다정했다.

배가 멈춰선 직후 꿀색 송아지 한 마리가 정글에서 튀어나와 우리 쪽으로 달려왔지만, 우리를 흘끗 보더니 비명을 지르며 허겁지겁 달아나 버렸다. 잠시 뒤 울타리 파편을 목에 매단 어미 소가 내 새끼를 어떻게 했는지 말하라는 듯 우리에게 전속력으로 달려들었다. 그 광경에 우리가 얼마나 기겁했는지는 굳이 말할 필요도 없을 것이다. 암소는 당장이라도 갑판에 뛰어올라 내 가느다란 갈색 팔을 분지를 기세였지만, 우리가 당황한 표정을 보이자 콧방귀를 끼며 다시 숲속으로 뛰어들어갔다.

놀라운 일은 그걸로 끝이 아니었다. 황혼 녘이 되어 선상가옥의 노천 테라스에 앉아 있는데 해안선을 따라 늘어선 코코넛 나무 위에서 코이어[코코넛 열매 겉껍질로 만든 거친 섬유]를 엮어 만든 배 지붕 위로 무언가 뛰어내리는 소리가 들렸다.

툭, 툭, 떨어지는 소리와 함께 조그맣게 낑낑대는 소리가 계속 이어졌다. 마치 누군가 강아지를 담은 자루를 지붕에 내던지는 것처럼 들렸다. 나는 겁에 질려 남편의 팔을 붙잡은 채 바닷가 숲속에 사람의 윤곽이 보이는지 내다보았다. "무슨 일이지?" 우리는 당황해서 어쩔 줄 몰랐다. 뱃사공들은 겨우 15미터쯤 떨어진 취사 구역에서 우리가 저녁으로 먹을 카레를 만들고 있었지만, 그들을 부를 엄두가 나지 않았다. 나는 귓속의 솜털을 쭈뼛 곤두세우고 그 괴상한 소리의 원천을 찾으려 했다. 남편은 내게 별일 없을 거라고 속삭였지만, 그의 초록빛 눈동자도 휘둥그레져 이리저리 흔들리고 있었다.

해는 거의 저문 터였지만, 문득 지붕 위에서 물가로 떨어져 내리는 파파야 과육 조각과 환한 연둣빛 껍질이 눈에 들어왔다. 누군가 혹은 무언가가 파파야를 먹으며 지붕 위를 어질러놓고 있었다. 과일 조각과 씨앗이 퐁당퐁당 수면에 떨어져 내리자 피라미와 작은 거북이들이 우글우글 몰려들었다. 거북이들은 운 좋게도 지친 잠자리나 말벌까지 잡아먹을 수 있었다.

만 건너편을 바라보니 멀리 떨어진 마을들의 작은 불빛을 통해 어디서부터 육지인지 짐작할 수 있었다. 마지막 햇살이 스러지자 과일 폭격과 요란한 소리도 멈추었다. 하지만 재잘대는 소리는 더 높고 먼 곳에서 계속 이어졌다. 잠시 조용해지나 싶더니 갑자기 뭔가 거대한 것이 지붕 위에 쿵 내려앉았고, 정체 모를 그것의 무게로 지붕 이엉이 서서히 내려앉기 시작했다. 사방이 고요해지자 마침내 남편이 용감하게 배 밖으로 고개를 내밀고 뱃사공들이 켜놓은 등

불 빛으로 주변을 둘러보았다. 뱃사공들은 이미 바닷가에 모닥불을 피우고 쭈그려 앉아서 자기네 저녁밥을 먹는 중이었다.

그럼 그렇지! 보넷원숭이들이 해안선을 따라 늘어선 나무 위에서 까르륵 웃어대고 있었다. 남인도에 흔한 보넷원숭이는 종종 호텔이나 고층 아파트 건물의 옥상에서 일광욕을 즐긴다. 공원이나 학교 근처에 모여드는 습성이 있어서 어린아이들이 플랜테인[열대 지방에서 자라고 단맛이 적은 요리용 바나나] 조각이나 포도 열매를 집어던지기도 한다. 보넷원숭이의 털가죽은 잿빛과 베이지의 중간쯤인 그레이지greige색이며 키는 약 50센티미터에 체중은 1.8킬로그램을 겨우 넘길 정도니 설탕 한 봉지보다 가벼운 셈이다. 우리가 들은 묵직한 소리는 통통하게 살찐 살쾡이 한 마리가 보넷원숭이를 쫓다가 떨어진 소리였다. 지붕 위에서 우리를 내려다보는 그 녀석은 움직일 생각이 없는 듯했고, 긴 의자에 기대 누워 간식이 나오길 기다리는 로마 황제마냥 유유자적하게 늘어져 있었다. 그 모습을 보자 내 심장이 쿵 내려앉았다. 우리는 전화기가 없었고 힌디어로 '도와줘요'라고 말할 줄도 몰랐으니까.

뱃사공 몇몇이 자기네 숙소에서 나오더니 무슨 일이냐

고 물었다. 맙소사, 이 노련한 뱃사공들 앞에서 보넷원숭이에게 공격당할까 봐 식사할 엄두가 안 난다는 얘기를 꺼내려니 어찌나 굴욕스러웠는지. 마침내 우리가 뭘 걱정하는지 알게 되자 뱃사공들은 서로의 얼굴을 쳐다보고 그 다음에는 보넷원숭이를 쳐다보더니 와르르 웃음을 터뜨렸다. 어느새 남편과 나도 웃기 시작했고, 설상가상으로 보넷원숭이들도 우리 모두를 합친 것보다 더 시끄럽게 웃어댔다! 간신히 웃음을 그친 뱃사공들은 그때까지도 얌전히 지붕 위에 늘어져 있던 살쾡이가 우리를 해치진 않을 거라고, 하지만 혹시 모르니 우리 몫의 새우 카레를 빨리 먹는 게 좋을 거라고 조언해주었다. 살쾡이는 대담하게도 인간이 남긴 음식을 싹 핥아먹는 습성이 있다고 말이다.

우리는 맛좋은 카레를 서둘러 먹어치우고 선상 가옥 뒤편의 바다가 내다보이는 침실로 피신했다. 그때까지는 침실 문을 걸어 잠근 적이 없었지만 그날 밤만큼은 잠그기로 했다. 마치 보넷원숭이들이 문손잡이를 돌리고 빗장을 열 수 있기라도 한 것처럼 말이다. 창가에서 내다보니 만 건너편 마을의 작은 불빛들이 서서히 차례로 꺼져가고 있었다. 별빛 어린 만에 플랜테인 향기가 짙게 드리워져 있었다.

보넷원숭이 덕에 새삼 웃는 것이 얼마나 즐거운 일인지

느낄 수 있었다. 사랑에 빠져 웃음 짓는 것. 사랑하는 이를 웃게 하는 것. 내가 사랑하는 장소에 웃음을 남기는 것. 그 날 밤 잠들기 전 귓가에 마지막으로 들린 것은 아득히 들려오는 살쾡이 울음소리와 재잘대는 웃음소리였다. 장담하건대 케랄라의 어느 후미진 곳에서는 그 보넷원숭이들이 아직도 우리를 떠올리며 실컷 웃어대고 있으리라. 미지의 정글을, 그보다도 더욱 낯선 결혼생활의 세계를 탐험하러 나선 참이었던 우리 부부를 기억하면서.

● 캘린더 포에티카 ●

'시학Ars Poetica'을 문자 그대로 해석하면 '시의 기술'이라는 의미다. 다시 말해 시학이란 시 쓰기에 관한 글쓰기, 시인의 수사법을 인식하고 터득하는 방법인 셈이다. 다음의 글은 내가 엄마가 되고 첫해를 뉴욕 서부에서 보내는 동안 시도한 나름대로의 '시학'이다.

6월

하얀 꽃이 만발한 클레마티스 덩굴이 우리 집 우체통을 휘감아 버려서, 카드나 편지를 받을 때마다 입구를 가득 채운 별 모양 꽃들 사이로 간신히 끄집어내야 한다. 전몰장병 추모일[미국 내 참전용사를 기념하는 공휴일로 5월 마지막 월요일] 직전 주말에 내 첫 아이가 태어났다. 쏟아지는 축하 카드와 편지에 답장하느라 이번 달에는 시를 딱 **한 편**밖에 쓰지 못했다. 내 필기도구는 304번 펜촉을 끼운 세퍼 만년필이다. 내 인생의 나머지는 엉망진창이다. 당연하지만 나는 수면 부족 상태다. **어찌나** 수면이 부족한지 창문을 내다보면 정원 언저리가 가스 불꽃 옆에 있는 것처럼 아른아른 흔들릴 지경이다. 하지만 편지를 쓰려고 앉으면 모든 것이 질서정연하다. 나는 컴퓨터 화면의 푸른 불빛 대신 부엌 식탁 앞에 앉는다. 지금 내겐 손편지 쓰기의 엄정함과 격식이 절실하기 때문이다. 가장 좋아하는 피콕블루 빛깔의 도톰한 편지지를 꺼내고, 얇은 일본제 목판화 인쇄 내지가 딸린 편지봉투를 손끝으로 쓰다듬는다. 봉투마다 둥그스름한 닥스훈트 모양의 주소 라벨을 붙인 다음 주소를 하나하나 멋지게 흘려 쓴다. 상냥한 남편이 내 대신 편지 뭉치를 들고 나가서 우체통 아가리를 벌리고 집어넣는다. 오후마다 우체부가 우체통을 열고 편지봉투의 요란한 색깔에 고개를 내저으며 편지 뭉치를 캔버스 천 가방에 쑤셔 넣는 모습을 볼 수 있다.

7월

파랑어치가 우리 집 창가에 앉아서 수다를 떤다. 나는 고개를 끄덕인다. 그래, 그래, 그렇단 말이지?

8월

사과나무에 생긴 진딧물이 내 체리나무까지 번져나갔지만, 집필 일정은 그럭저럭 회복되었다. 남편과 나는 번갈아 아이를 보기로 했다. 남편은 오전, 나는 오후를 맡았다. 아이를 아기 띠로 가슴에 매단 채 블루베리를 따는데 문득 시 구절이 떠오른다. 어쩌다 운 좋은 날은 저녁 무렵 책상에 앉았을 때 그 구절이 다시 기억나기도 하지만, 대부분은 블루베리 나뭇가지에 뒤얽힌 채 남겨진다.

9월

아이를 낳은 뒤 처음으로 초청 작가로서 출장을 왔다. 템피[애리조나주 중부의 도시]의 관광지와 상점을 돌아보는 대신 호텔 방에 처박혀 있다. 그래도 이 지역 대학교의 프랭크 해즈브룩 곤충 컬렉션에는 방문 예약을 해두었다. 그곳의 철제 서랍장과 유리 상자 안에 전시된 곤충은 65만 종에 이르는 소장품의 일부분에 불과하다. 나는 놀랍도록 순식간에 글을 읽고 써내려간다. 새로운 시가 머릿속에서 떠올라 모양을 갖추어간다. 집에 돌아가면 바로 신학기가 시작될 것이다. 1년 내내 발이 편한 '센서블 슈'의 신발만 신고 지냈으니 꼭 하이힐을 신고 출근할 생각이다. 내 복부 모양이 계속 변하는 걸 학생들이 눈치챌까?

10월

자꾸만 전설 속의 흰 괴조 로크가 마리아를 낚아채서 산속 둥지로 날아가는 꿈을 꾼다. 마리아는 내가 작년에 남인도에서 탔던 작은 코끼리다. 마을 사람들이 전부 집에서 달려 나와 그 광경을 구경한다. 로크에게 과일을 집어 던져 코끼리를 구해내려는 사람도 있다. 나는 다음 시집 원고의 핵심이 될 부분을 완성했지만, 이 꿈만 꾸면 살짝 식은땀을 흘리면서 깨어난다.

11월

시애틀과 뉴욕에서 책을 읽으며 한 달 지내고 나니 다시 충만해진 기분이다. 나는 항상 손가방 안에 수첩 두세 권을 챙겨 다닌다. 이제는 거기 끄적거린 것들을 시 구절로 바꾸어놓을 시간이다. 여름 내내 나를 괴롭혔던 마지막 남은 가뢰 한 마리가 달리아 줄기에서 떨어지더니 자전거 타듯 발을 공중에 버둥거린다. 흑청색 어둠 같은 녀석의 등껍질이 뿌리 덮개 속에서 바싹 말라 오그라 들어간다.

12월

가을 동안 텃밭의 과일과 채소 껍질이 두꺼워지고 여기저기 움푹 패거나 쭈글쭈글 주름진다면 다음 겨울은 무척 춥다는 뜻이다. 홍관조들이 온통 새하얀 풍경 위로 붉은 선을 그으며 날아간다. 이번 달에는 거의 매일 한 편씩 시를 쓰고 있다. 한 편 한 편이 나 자신에게 주는 작은 선물이다. 내 크리스마스 양말의 발가락 하나하나가 시로 채워져 간다. 문마다 호랑가시나무 가지가 달려 있지만 내 집무실 문은 예외다. 집무실 안은 온통 연두색과 주홍색이고 내가 가장 좋아하는 새인 공작새 그림들로 꾸며져 있지만, 그래도 문에만은 아무 장식도 하고 싶지 않다. 나는 밋밋한 문이 좋다.

1월

더디지만 꾸준하게 글을 쓰고 있다. 친구들은 기나긴 올겨울이 끝나는 대로 닭을 키우겠다고 말한다. 닭점을 쳐서 점괘에 따라 글을 쓰면 어떨까. 알파벳 스물여섯 자가 적힌 판 위에 흰 암탉 한 마리를 올려놓는다. 글자마다 곡식 한 알을 놓고 암탉이 곡식을 쪼는 순서대로 해당 글자를 받아 적는 거다. 글이 최고로 안 풀리는 날이면 시를 쓴다는 일이 딱 그렇게 느껴진다. 다만 내가 암탉이 아니라 곡식일 뿐.

2월

아이가 처음으로 눈 천사[눈 위에 누워서 팔다리를 위아래로

휘저으면 생기는 날개 달린 천사 모양의 자국]를 만들었다. 뜰에
찍힌 작은 별표처럼 보인다.

3월

뉴욕 코리아타운에 숨어 매콤한 국수와 비빔밥을 먹으
며 주말 연휴를 보냈다. 세 번째 시집 원고가 거의 끝났다.
이제부터는 차례를 정하고 짜임새를 만들어야 한다. 사흘
동안 소설을 세 권이나 읽어치웠다. 돌아와서는 집 안에서
나 바깥 용무를 볼 때나 아이를 가슴에 매달고 다녔다. 내
심장에 겹쳐진 아이의 심장 소리가 듣고 싶어서다. 집을 비
운 동안 피어난 스노드롭 꽃들을 한 송이도 꺾지 않고 그대
로 놔두었다.

4월

크로커스. 전국 시의 달이라 낭독을 비롯한 온갖 행사를
주최하거나 유치했다. 당연하게도 한 달 내내 시는 거의 쓰
지 못했다. 치과병원에서 대기하는 동안 한두 줄 끄적거린
게 전부다. 수선화. 수선화. 수선화. 튤립.

5월

평소보다 맑은 아침이면 이 모든 눈과 얼음 뒤에 다시 생명이 올 거라는 희망찬 확신과 함께 깨어날 수 있다. 그래서 나는 시를 쓴다. 한편으로 시 쓰는 걸 미루어보려고 집무실 청소에 열중하기도 한다. 힘겨웠던 이번 학기의 과제물들을 파일에 정리해놓았다. 사방이 망울지고 피어나는 꽃들로 가득하다. 우리 집 현관 아래로 딸기 덤불이 무성하게 뻗어나가서 어둠 속에서도 덜 익은 딸기 냄새를 맡을 수 있을 정도다. 방충망 모서리에 당구공만한 청벌 집이 생기더니 점점 커지고 있다.

아이가 첫걸음마를 했다.

고래상어
WHALE SHARK
Rhincodon typus

다이빙 강사가 "엎드려요!"라고 외친 순간 두 다리가 공포
로 굳어졌다. 온몸을 팬케이크처럼 납작하게 만들려고 최
대한 버둥거렸지만, 나는 조지아 수족관의 2천만 리터짜리
'오션 보이저' 탱크 수면에 떠 있었고 두 귀가 물속에 잠겨
있었기에 강사의 외침은 "어어드러오오!"에 가깝게 들렸
다. 외부 방문자인 우리는 방금 전 스노클을 착용한 채 거
듭 주의를 받은 터였다. "내가 '엎드려요'라고 외치면 고래
상어가 바로 여러분 몸 아래에서 헤엄치고 있다는 뜻입니
다. 배가 고래상어의 등에 닿지 않게 최대한 납작 엎드리세
요." 스쿨버스보다도 넓고 길쭉한(게다가 만석이 된 스쿨버스

보다도 더 무거운!) 물고기가 내 몸 바로 아래로 헤엄쳐오고 있다는 게 믿기지 않았다. 녀석이 입을 벌리기만 하면 나는 통째로 삼켜질 게 분명했다.

물론 그건 불가능한 일이었다. 고래상어는 플랑크톤과 새우 정도밖에 먹지 않으며, 고래상어의 목구멍은 25센트 짜리 동전 크기밖에 안 되니까. 하지만 그 순간 머릿속에 떠오른 나의 미래는 너무도 뚜렷하고 섬뜩했다. 아직 두 살 밖에 안 된 아이는 나를 전혀 기억하지 못할 테고 영원히 엄마를 잃었다는 상실감에 시달리겠지. 운 나쁘게도 점잖기로 유명한 고래상어에게 씹어먹힌 역사상 최초의 사상자 말이야. 내 아이에게 그런 어처구니없는 유산을 남겨줄 순 없어! 하지만 고래상어는 이러다 충돌하겠구나 하는 생각이 들기 바로 직전에 갑자기 내게 닿지 않을 정도로만 살짝 몸을 낮추어 지나가버렸다. 그렇다 해도 등지느러미가 잠수복을 입은 내 배를 스칠 정도로 가까운 거리였지만. 내가 그럴 생각만 있었다면 다이빙 강사가 눈을 돌린 사이에 손을 뻗어 고래상어의 점박이 등을 쓰다듬어줄 수도 있었으리라. 하지만 나는 너무도 겁에 질린 나머지 가만히 수면에 떠 있을 수밖에 없었다. 고래상어의 진로에 방해가 되지 않도록 배를 집어넣고 등허리를 최대한 위로 들어 올린 채.

마치 고래상어가 나를 가지고 놀려는 것 같았다. 이 수조의 왕이 누구인지 분명히 알려줄 만큼만 나한테 겁을 주고 싶은 듯했다. 내가 들어간 수조에는 다른 방문자 다섯 명과 다이빙 강사 두 명도 있었지만, 고래상어는 나에게만 몇 번씩이나 바싹 다가왔다. 매번 내가 쓴 다이빙 마스크를 향해 스패니얼 개처럼 호기심 어린 눈알을 데굴데굴 굴리면서. 다이빙 강사의 말에 따르면 고래상어가 사람에게 접근하는 일은 드물고, 한 사람에게 거듭 접근하는 경우는 더욱 드물다고 했다.

금속 사다리를 올라 수조에서 나왔을 무렵에는 두 다리가 후들거려 콘크리트 바닥을 걷기도 어려울 정도였다. 팔다리 근육을 온통 긴장시킨 채 반시간을 보냈더니 갑자기 경량 잠수 장비조차 뿌리 덮개만큼 묵직하게 느껴졌다. 탈의실로 들어가서도 좀처럼 평소 복장으로 갈아입을 엄두가 나지 않았다. 다른 사람들이 전부 기념사진을 찍으러 간 걸 확인하고 나는 나무 벤치에 털썩 주저앉았다. 잠수복 지퍼를 내리다 만 채 양손으로 얼굴을 감싸고 펑펑 울었다.

우리 엄마의 고국인 필리핀에서 고래상어는 민담의 주요 소재다. 내가 가장 좋아하는 이야기 하나에 따르면 카블레이라는 어느 욕심 많은 10대 소년이 고래상어의 선조라고 한다. 카블레이는 돈솔 지역의 작은 마을에 살았는데, 그 마을에서는 카블레이가 어디에 돈을 숨겨놓는지 모르는 사람이 없었다. 카블레이는 항상 한쪽 눈으로 집 왼쪽의 카람볼라[별 모양의 열대과일로 스타프루트라고도 한다] 숲을, 다른 눈으로는 돈을 넣어둔 침대 밑 양철 쿠키 상자를 지켜보고 있었다. 밤마다 사바히[동남아시아의 청어 비슷한 물고기]와 한천으로 저녁밥을 먹고 나면 카블레이는 쿠키 상자의 아가리를 비틀어 열고 상자에 든 동전을 작은 은빛 성곽처럼 쌓아 올린 다음 와르르 무너뜨리곤 했다. 그 요란한 소리와 침실 바닥에 산산이 흩어지는 동전의 눈부신 반짝임을 즐기기 위해서였다. 때로는 그 아른거리는 반짝임을 나방의 날갯짓으로 착각한 도마뱀이 동전 무더기에 뛰어들기도 했다. 도마뱀이 나긋나긋한 꼬리를 휘둘러 동전을 방바닥에 온통 흩뜨리면 다른 도마뱀들은 커튼 뒤에서 내다보며 '저런, 저런'이라고 말하는 것처럼 고개를 이리저리 도리질했다. 카블레이가 돈을 세는 소리는 어느새 마을 사람들에게 익숙하고 당연한 것이 되었다. 이따금 푸른 털의 들개가 짖어댈 때만 제외하면 항상 조용한 그 마을에서 그 소리는 일종의 금속성 자장가와도 같았다.

그러던 어느 날 초대형 태풍이 다가왔다. 댐이 무너질 것이 확실해지자 마을 사람들은 돈솔 언덕으로 피난했다. 사진이나 람부탄 열매, 기도용 묵주를 챙길 겨를조차 없었다. 모두가 떠났지만 카블레이만은 남았다. 자기 집 방바닥에 앉아 쿠키 상자를 가슴에 꽉 껴안은 채로. '저런, 저런' 도마뱀들은 뿔뿔이 흩어져 달아난 지 오래였다. 홍수가 마을을 덮쳐 거기 있던 모든 것을 바다로 쓸어갔다. 어리고 파릇한 사포딜라 나무들. 비닐봉지에 담아 빨대를 꽂은 달콤한 청량음료를 팔던 대나무로 지은 매점들. 가엾은 병아리들과 들개들도 입을 떡 벌린 채 바다로 휩쓸려가 버렸다.

하지만 카블레이는 돈 상자를 단단히 붙잡았고 돈도 그를 붙잡았다. 카블레이가 꽉 붙들고 있던 동전 하나하나가 그의 몸에 파고들어 흰 반점을 남겼고, 마침내 그의 등 전체가 반점으로 뒤덮였다. 두 다리가 쪼그라들어 지느러미가 되고 입은 동굴 같은 아가리가 되었으며, 거기서 동전처럼 은빛을 띤 물거품이 뻐끔뻐끔 뿜어져 나왔다. 지금까지도 바다에 나가면 카블레이가 커다란 눈알을 번득대며 작은 배나 한 조각 달빛을 따라다니는 모습을 가끔 볼 수 있다고 한다. 매년 4월이면 그가 혹시 빠뜨린 동전이 없나 확인하러 돈솔로 돌아온다고도. 카블레이의 돈은 항상 그의 검고 질긴 가죽에 단단히 박혀 있다. 그는 너무나도 사랑하는 돈과 절대 헤어지지 않으려다가 두 다리가 지느러미로 변하고 마침내 고래상어가 된 것이다. 널따란 등의 반점 무늬는 모든 이가 영원히 잠들지 않고 육지에서의 소박하고 달콤한 추억을 되새기며 지내는 불야성의 도시처럼 보인다.

나는 안식년을 거의 다 고래상어 연구로 보낸 터였지만, 그래도 실제 고래상어의 **크기** 앞에서는 당황할 수밖에 없었다. 인간을 갑자기 공격하기로 악명 높은 거대한 귀상어가 나와 함께 수조 안에서 헤엄치고 있다는 것 또한 당혹스러운 일이었다. 그놈은 넓적한 대가리 양쪽에 달린 기이한 두 눈알로 나를 빤히 쳐다보았다. 흑기흉상어[등지느러미와 꼬리지느러미 끝이 뚜렷한 검은색인 중소형 상어], 점박이 수염상어, 얼룩말상어, 모래뱀상어 등 다른 여러 무시무시한 상어들과 만날 각오도 되어 있지 않았다. 다이빙 강사의 말에 따르면 다들 우리가 수조에 들어오기 전에 밥을 먹었으니 걱정할 필요가 없다고 했지만, 당연히 걱정되지 않을 수가 없었다.

내 평생 유일하게 고래상어와 함께 헤엄칠 수 있었던 그 순간을 돌이켜 보면, 내가 그저 스스로를 온전히 자연에 내맡길 준비가 되지 않았었다는 걸 알겠다. 아니, 인간이 마음대로 해석하고 보존한 자연이라고 말해야 맞겠지. 거대한 수조에 80만 킬로그램의 바다 소금을 넣어 이 모든 생물이 함께 헤엄치며 지내도록 해놓은 '자연' 말이다. 과학을 위해, 오락을 위해, 구경거리를 위해. 어쩌면 이 세 가지 모두를 위해.

일생일대의 꿈을 이루긴 했지만, 나는 이후로도 한참 동안 죄책감과 두려움을 떨쳐낼 수가 없었다. 우리 아이가 엄마를 잃을 수도 있었다. 내 남편이 홀아비가 될 수도 있었다. 게다가 상어들이 너무 안쓰럽기도 했다. 수족관을 나선 나는 애틀랜타에서 비행기를 타고 가족이 있는 집으로 돌아갈 수 있었다. 다시 단단한 육지를 딛을 수 있다는 것이 정말로 기뻤다. 야생 상태의 고래상어라면 항상 똑같은 인공 조성 산호초나 가짜 절벽을 느릿느릿 맴도는 것 말고도 할 일이 많을 게 분명했다.

나는 아이를 위해 고래상어 손가락 인형을 사 왔다. 공항에 마중 나온 남편과 아이를 만나자마자 차 뒷좌석에 아이와 나란히 앉았다. 오랜만에 아이의 사랑스러운 분홍빛 뺨을 바라보고 싶어서였다. 배낭을 열어 아이에게 약속했던 선물을 건네주었다. 아이는 바로 인형을 작은 주먹에 껴보더니 손아귀를 펼쳐 인형의 입을 벌렸다. 다물었다, 벌렸다. 다물었다, 벌렸다. 남편은 집을 향해 차를 몰았고, 아이는 차 뒷자리에 앉아 까르륵대며 웃었다. 내가 그들 두 사람을 한순간도 떠난 적이 없었던 것처럼.

　나는 이후로 거의 10년간 고래상어가 플랑크톤이 풍부한 물을 찾아 출몰했다는 해역들을 방문했지만, 결국 단 한 번도 고래상어와 재회하지 못했다. "엄마, 엄마." 아이가 손가락 인형을 내 어깨에 올리며 말을 건다. "난 고래상어예요. 간식이 먹고 싶어요." 아이는 내 무릎 위로 기어오른다. 잠시 인형과 이야기하다가 다시 인형을 내게로 돌리며 이렇게 묻는다. "내 상어 가족은 어디 있어요? 어디 있냐고요?" 아이의 손에 달린 고래상어가 복슬복슬한 분홍빛 아가리를 다물었다가 다시 벌리고, 그 상태로 가만히 멈춘다. 내 마음속에서는 아직도 그 인형의 아가리가 대답을 기다리며 벌어져 있다. 어쩌면 대답은 저 거대한 수조 안에 헤엄쳐 다니고 있겠지. 예전에 내가 만난 아름답고 장엄하며 그토록 많았던 상어들이 오래전에 죽어버리고 몇 번이나 거듭하여 교체되었을 그 수조 안에.

포투
POTOO
Nyctibius griseus

미시시피에서 여름이란 모기를 의미한다. 토마토를, 모기를, 복숭아를, 습한 날씨를, 딸기를, 그리고 모기를 의미한다. 십중팔구는 모기다. 아침 일곱 시 반에 가든 덱garden deck에 앉아 커피를 마시는 동안에만도 다섯 마리를 보았다. 이 피에 굶주린 괴물들을 잡아줄 작은 포투 한 마리(세 마리라도 좋다)를 우리 집 뒤뜰로 데려올 수만 있다면!

아쉽게도 포투는 중남미 대륙에만 서식하며 그곳의 모기와 불개미를 포식한다. 다 자란 포투는 키가 30센티미터를 조금 넘으며 목이 굵고 방금 자동차 사고로 유리창이 산산조각 나는 광경이라도 본 것처럼 휘둥그런 노란 눈을 지녔다. 발가락과 발끝마디도 화사한 노란색이지만 사람들에게 가장 깊은 인상을 주는 건 역시나 신호등 같은 눈동자다.

포투라고 하면 눈을 크게 뜨고 아가리를 벌린 채 날아다니는 모습 정도밖에 떠올리지 못하는 사람들도 있지만, 사실 이 새는 남반구의 습한 정글에서 위장의 명수로 통한다. 야행성인 포투는 자신의 위장 솜씨에 자신감이 넘치는지 환한 대낮에 야외에서 잠을 잔다. 포투가 나무에 머리를 기대어 부러진 나뭇가지 빛깔의 신비로운 깃을 가다듬고 커다란 눈을 감으면 아무리 눈썰미 좋은 사람이라도 포투와 나뭇결을 구분하기 어려울 정도다. 그 초자연적인 침묵 속에서 포투의 정체를 드러내는 건 깃털을 훑고 지나가는 산들바람뿐이다. 포투는 배고플 때도 가만히 곤충이 가까이 오기만 기다리다가 갑자기 튀어나가서 잡은 먹이를 물고 보금자리인 나뭇가지로 돌아온다.

포투는 평생 둥지를 짓지 않는 드문 새 중 하나다. 암컷은 나뭇가지 틈새에 자줏빛 얼룩무늬가 있는 하얀 알 하나를 낳고 수컷과 번갈아가며 품는다. 알에서 나온 새끼는 깃털이 순백색이며, 부모의 몸 아래 안전하게 숨어 있기 어려울 정도로 자라고 나면 하얀 버섯 무더기와 구분할 수 없을 만큼 가만히 있는 법을 배운다.

금욕적 침묵으로 유명한 새치고 포투의 울음소리는 상
당히 우스꽝스럽게 들릴 수 있다. 그 소리가 우스꽝스러운
만큼 으스스하지만 않았다면 말이다. 눈을 감고 들어보면
그토록 근엄하게 생긴 동물이 그런 소리를 낸다는 게 도무
지 믿기지 않을 법하다. 호랑이의 포효에 개구리 울음소리
를 섞는다고, 그리고 호랑이와 개구리 모두 심각한 소화관
장애에 시달리는 중이라고 상상해보라. 바로 그것이 포투
의 울음소리다. 내가 브라질의 열대우림에서 그 소리를 듣
는다면 오늘이 지구상에서의 마지막 날인가 보다 하고 생
각할지도 모른다. 포투의 울음소리가 그만큼 섬뜩하고 소
름 끼친다는 얘기다. 스티븐 힐티의 책 『베네수엘라의 새
들』에 따르면 포투가 우는 소리는 "퍽이나 시끄럽고 거친
'부아아아' 소리로, 인간이 구토하는 소리와도 살짝 비슷하
게 들린다." 다시 말해 악몽처럼 끔찍하다는 뜻이다. 포투
가 거의 움직이지 않으며 대체로 고독한 삶을 살아가는 건
그 요란한 울음소리와 균형을 맞추기 위함인지도 모른다.
누구나 조용하게 지내고 싶을 때가 있게 마련이지만, 그런
한편 야외에 있다는 기쁨에 소리치고 싶었던 때가 없는 사
람이 있겠는가? 그저 '나 여기 있어, 살아 있다고'라며 자신

의 존재를 선포하고 싶었던 때 말이다.

성장기 내내 나도 포투처럼 주변 환경에 융화되고 싶었다. 내 경우 주변 환경이란 또래의 금발머리 아이들이었다. 내게 무슨 다른 방법이 있었겠는가? 어린 시절 텔레비전 드라마나 영화를 볼 때엔 내 존재감을 느낄 수 없었지만, 숲이나 들판이나 호수나 바다 같은 야외에 있을 때는 전혀 달랐다. 나는 새들을 관찰하면서 가만히 있는 법을 배웠다. 새들을 지켜보고 싶다면 새들의 고요함을 흉내 내야 했다. 나 같은 갈색 피부의 여자아이들이 빠릿빠릿하게 움직이길 기대하는 세상에서 느릿느릿해져야 했다. 나는 여섯 살 때 홍관조를 부를 수 있었고 그 새들과 제대로 대화하는 방법도 터득했다. 내가 기억하는 어린 시절 아빠의 첫 선물 중에는 홍관조 모양의 물피리가 있었다. 피리를 물로 채우고 커다란 꼬리에 달린 플라스틱 빨대를 힘껏 불면 허디거디[손잡이를 돌려서 연주하는 휴대용 풍금]를 연상시키는 홍관조 특유의 울음소리를 그럴듯하게 흉내 낼 수 있었다. 물피리 소리를 들은 홍관조들이 무슨 할 말이라도 있냐는 듯 우리 집 정원 코앞까지 와서 기웃거리기도 했다.

급기야 나는 물피리를 불지 않고서도 홍관조 소리를 낼 수 있게 되었다. 처음에는 오하이오주에서 대학과 대학원에 다니며 캠퍼스 중앙 타원형 잔디밭에 나 말고 아무도 없을 시간에, 그 이후로는 위스콘신주에서 1년간 연구생으로 지내며 멘도타 호수 주변을 오래 산책할 때에. 당시 나는 내 첫 시집에 실리게 될 시 구절을 짜내기 위해 애쓰고 있었다. 새들은 항상 내게 편안한 청중이 되어주었다. 나의 어설픈 '응답'이 새들에겐 다소 수상하게 들렸을지도 모르지만, 나 역시 그들에게 편안한 청중이었기를 바랄 뿐이다.

새들과의 대화는 심지어 남편에게도 숨겨온 나만의 비밀이었다. 평소보다 일찍 귀가한 남편이 뒤뜰에서 흥분한 홍관조 부부와 한참 대화하는 나를 목격한 어느 늦은 봄날까지는 말이다. 내 머리 바로 위 나뭇가지에 앉아 있던 그들은 처음엔 대화가 즐거운 듯했지만 점점 더 완강한 쇳소리를 내며 울어댔고, 아무래도 내가 좀 뻔뻔스럽게 대꾸했나 싶던 순간 파드득 나무에서 날아오르며 대화를 끝내 버렸다. 뒤돌아보니 남편이 입을 떡 벌린 채 서 있었다. 여기서 독자 여러분이 유념해야 할 것은 그가 결혼한 지 10년이나 지나서 처음으로 나의 이런 모습을 보았다는 점이다.

내가 새들과 이야기할 수 있는 것은 내 입에 걸린 마법 때문이 아니고, **나만이** 구사할 수 있는 특별한 혀 놀림 기술 때문도 아니다. 비결이 있다면 아마도 나무 우듬지에 살며시 깃들어 자리 잡는 것, 서둘러서 계속 새로운 것들로 옮겨가라고 다그치는 세상에서도 고요하고 느린 마음을 갖는 것이리라. 새들과 이야기하는 비결은 그들의 영역에 진입할 때 사지 하나하나를 차분하게 움직이는 것, 나뭇가지나 풀잎 하나를 흔들거나 구부릴 때도 신중한 태도를 보이는 것이다. 가만히 있으면 점심거리가 말 그대로 입안에 날아 들어오는 포투 새처럼, 어쩌면 **우리도** 침묵 속에서 좀 더 평온해지려고 시도하며 작은 기쁨을 발견할 수 있을 테니까. 그 침묵 속에 어떤 깃털 달린 선물이 기다리고 있을지 누가 알겠는가?

카라카라 오렌지
CARA CARA ORANGE
Citrus sinensis

"그거 다 익었어요?" 부모님이 플로리다 중부에 정착한 이후로 가장 자주 듣는 질문이다. 두 분의 이웃과 교회 친구들뿐만 아니라 두 딸도 항상 그렇게 묻기 때문이다. 이 질문은 1년 내내 확실한 화젯거리를 제공한다. 엄마가 은퇴한 지 1년도 안 지나 오하이오를 떠난 부모님은 새로 이사한 콘도 운영위원회에 청원하여 네이블 오렌지[껍질에 배꼽 모양 돌기가 있는 씨 없는 오렌지 종류] 세 그루를 심었다. 단독주택을 지어 이사하게 되자 두 분은 그 나무들을 옮겨 심고 네이블 오렌지 일곱 그루와 탠저린[밀감과 비슷하며 껍질이 잘 벗겨지는 오렌지], 포멜로[자몽과 비슷하게 크고 껍질이 두

껍질만 더 단맛이 나는 감귤류] 나무를 추가했다. 지난번 내가 찾아갔을 때는 이미 내 턱 밑까지 자라서 열매를 맺은 레몬 나무 한 그루도 있었다.

카라카라 오렌지 열매는 보통 오렌지와 비슷한 크기다. 비바람에 노출되어 얼룩덜룩하고 쪼글쪼글한 껍질과 달리 과육은 자몽보다 더 짙은 진분홍빛이며 놀랍도록 **달콤하다.** 카라카라 오렌지와 다른 오렌지의 차이점이자 내가 이 오렌지를 각별히 사랑하는 이유는, 한 입 깨물면 과즙이 터지면서 미각에 느껴질 만큼 선명한 체리와 장미꽃 향기가 흘러나온다는 것이다. 내가 플로리다 중부에 사는 부모님을 찾아가는 봄방학은 카라카라 오렌지의 제철이기도 하다. 겨울에서 봄으로 넘어가는 이 짧은 시기에는 플로리다의 거의 모든 고속도로를 따라 오렌지 나뭇가지가 늘어지게 주렁주렁 열매가 맺힌다. 그 사이를 차로 달리다 보면 누군가 오렌지색 콘페티[축제나 퍼레이드에서 뿌리는 색종이 조각]를 흩뿌려주는 것처럼 느껴질 정도다. 장장 열두 시간을 자동차로 달려가며, 나는 플로리다의 작은 마을 도로변에 반짝이는 동그란 열매들이 나타나길 기다린다. 아, 저기 보인다. 오렌지주스 공장으로 가는 트럭에서 떨어져 보도 아래 처박힌 무수한 카라카라 오렌지 열매가.

엄마는 아침 식사가 끝나면 내게 오렌지를 권하곤 한다. 점심식사 뒤에도, 간식 시간에도, 후식으로도. 나도 처음엔 엄마가 오렌지를 권할 때마다 순순히 받아먹곤 했지만, 반항적인 10대 시절이 다 끝나갈 무렵부터는 이따금 싫다고 말했다. 그냥 싫다는 말을 하고 싶었기 때문이다. 나는 내 자유 의지, 내 생각에 따라 오렌지를 먹고 싶었다. 내가 다른 과일을 달라고 우기는 바람에 엄마는 쩔쩔맸다. "왜 다른 과일을 달라는 거니? 오렌지가 이렇게 많은데. 너 주려고 오늘 아침에 너희 아빠랑 직접 따온 거야. 너 주려고 말이야!"

결혼한 뒤 엄마가 사위와 시부모님에게 오렌지를 따주는 걸 보고 그들이 엄마 마음에 들었다는 걸 확인할 수 있었다. 오렌지는 부모님의 정원에 나는 것 중에서도 가장 귀한 선물이었으니까. 우리 아이들이 이유식을 뗀 뒤로는 갓따온 오렌지를 썰어 손주들에게 손으로 먹이는 것이 엄마의 가장 큰 기쁨 중 하나였다. 엄마는 과육에서 하얀 섬유질을 일일이 정성스레 떼어낸 다음 아이들 입에 쏙 넣어주었다. 손주들은 뒤뚱뒤뚱 할머니에게 달려가서 손뼉을 치거나 때로는 부엌 한복판에서 으쓱으쓱 춤까지 추며 '온지'를 한 조각 더 달라고 재잘거렸다. "이거 보렴. 네 아이들은 너보다 더 건강해지겠구나. 얘들이 오렌지를 얼마나 졸라대는지 봐! 넌 오늘 겨우 하나밖에 안 먹었잖니!” 엄마는 이렇게 말하고 다시 꼬마 오렌지 먹보들을 돌아보며 과즙이 묻어 번들대는 환한 얼굴들을 흐뭇하게 닦아주곤 했다. 손주들의 먹성에, 젖니를 가느라 핼러윈 호박 등불처럼 군데군데 이가 빠진 미소에 웃음 지으면서.

  그리고 지금과 같은 미시시피의 나른한 겨울날, 한 학기가 끝나고 부모님의 웃음소리가 가슴 아프게 그리워지는 시기에, 플로리다의 오렌지나무 열매들과 달리 자연스러운 흠집조차 전혀 없는 오렌지가 식품점에 무더기로 쌓여 있는 걸 보면 새삼스럽게 카라카라 오렌지를 보며 묻던 질문이 떠오른다. ‘아직 덜 익은 건가? 이건? 저건 어떨까?’ 식품점의 감귤류는 믿어지지 않을 정도로 번드르르해서, 마치 우리 아이들의 장난감 장보기 카트에 딸려온 플라스틱 바구니 속의 플라스틱 과일 같다. 나는 인공적으로 색과 광택을 낸 과일을 먹고 싶지 않다.

  어떻게 그럴 수 있겠는가, 카라카라 오렌지의 감미로운 장미꽃과 체리 향기를 이미 알고 있는데? 아이들은 자기네가 ‘오렌지’를 발음하지 못했던 시절도 있었다는 내 말을 도저히 믿지 못한다. 그 무렵엔 ‘플로리다’의 ㄹ을 발음하지 못해서 '포다! 포다!'라고 말하곤 했다는 사실도 믿을 수 없어한다. 아이들이 아주 어렸던 시절 나는 잠자리에 들 시간이 지났다거나 쿠키를 너무 많이 먹으면 안 된다고 아주 엄격하게 일러 줘야 했다. 그 애들은 이렇게 칭얼대곤 했으니까. "싫어, 싫어. 난 포다에 갈 거야!" 포다, 그러니까 플로리다에 가면 할머니 할아버지가 배불러서 도저히 더 못 먹을 때까지 뭐든 마음대로 먹게 해줬으니까. 이제 아이들은 카라카라 오렌지를 팔지 않는 식품점이 있다는 사실에 경악한다. "우리 할머니네 마당에 가요." 작은아이가 계산대 줄을 향해 카트를 밀면서 말한다. "거기서는 마음껏 오렌지를 따 먹어도 할머니가 절대 화 안 내시잖아요!"

'당연한 일이지.' 나는 계산대의 컨베이어벨트에 식료품을 올려놓으며 생각한다. '할머니에게 너희 형제는 깨물어주고 싶게 귀여운 엄청나게 통통하고 달콤한 오렌지들이니까.' 날마다 뉴스에서는 새로운 비극이 들려온다. 더욱 많은 아이가 죽어가고 아마존의 열대우림이 몇 주 내내 불타고 있다는 소식을 들을 때면 나는 카라카라 오렌지를, 수많은 가족을 미소 짓게 하는 그 오렌지의 달콤한 맛을 떠올린다. 일상에서 접하는 비극에 대해서는 돈을 기부하고 위

생용품을 보내는 등 할 수 있는 일을 하려고 애쓰지만, 그러다 보면 문득 행복한 장소가 그리워진다. 사람들이 서로, 그리고 낯선 사람에게도 선뜻 신선한 과일을 건네는 장소가. "물론이지, 아가야." 나는 계산대에 멜론을 올려놓으며 작은아이에게 대답한다. "조만간 또 포다에 가자. 안 그래도 갈 때가 한참 지났네."

문어
OCTOPUS
Octopus vulgaris

죽은 문어는 라벤더색으로 변한다. 별이 뜨기 직전 에게해의 밤하늘 같은 색이다. 죽은 문어를 직접 만져본 것은 내평생 단 한 번, 그리스 북부의 타소스 섬에서였다. 가족과함께한 한 달간의 체류가 끝나가던 시기였다. 오전에는 전세계에서 온 학생들에게 시를 가르치고 오후는 남편과 어린 아들들과 함께 푸르른 만灣에서 잠수를 하며 보냈다. 어느 날 우리가 묵는 호텔 주인인 타소스가(그렇다, 그의 이름도 섬과 같은 타소스였다) 내일 아침에 문어 사냥을 나갈 거라고 선언하자 나는 즉시 함께 데려가 달라고 요청했다. 우리는 일주일에 두 번 정도 신선한 오징어를 먹고 있었는데,

이 맛좋은 먹거리가 어떻게 붙잡히고 식탁에 오르게 되는지 직접 가서 보고 싶었던 것이다. 타소스가 그리스의 해병대에 해당하는 유명한 특수부대 출신이며 그 섬에서도 특히 오랫동안 잠수할 수 있는 사람으로 알려져 있었기에 더욱 기대가 되었다.

물론 문어가 똑똑한 동물이라는 이야기는 다들 들어봤겠지만, 문어가 정말 얼마나 똑똑하고 민감한지 평생 실감할 기회가 없는 사람도 많을 것이다. 문어의 지성에 관해 언급할 때마다 이 동물의 여덟 개 촉수가 이루는 별표*를 달아서 강조해야 할 정도다. 문어의 뇌는 눈 바로 뒤, 정확히 말하면 머리가 아닌 몸 부분에 있는데, 문어가 간식으로 게나 새조개를 잡아먹을 때면 몸속에서 뇌가 움직여 식도에 여분의 공간을 마련해주기도 한다. 문어는 태평양, 대서양, 인도양, 남극해와 북극해까지 지구상의 모든 대양에서 서식하는 드문 동물 중 하나다. 또한 원양의 해안선 주변부터 해수면 1.8킬로미터 아래의 열수 분출공 근처까지 바닷속 어디로든 자유로이 움직여 다닌다고 알려져 있다.

타소스는 정확히 시간에 맞춰 바닷가에 나타났다. 잠수복을 완벽하게 차려입고 작살 총을 휘두르면서. 남편도 다른 교수 및 학생들과 함께 물에 들어갔지만 나는 우리 아이들과 해변에 남았다. 남편이 전해준 바에 따르면 타소스에 관한 소문들은 전부 사실이었으며 오히려 축소된 감이 있다고 했다. 타소스가 어찌나 깊이 잠수해 들어갔는지, 바닷물이 투명하도록 맑았는데도 사냥에 따라간 사람들이 그의 그림자조차 찾아볼 수 없을 정도였다고 말이다.

사람들이 전리품을 가지고 돌아오길 기다리며, 나는 매끄럽고 흰 대리석 자갈을 주워 주머니 속에 넣었다. 자기만 같이 가지 못했다는 괴로움에 아직도 입술을 떨고 있던 큰 아이를 달래려고 예쁜 바다 유리 조각도 찾아보았다. 물속은 너무 춥고 깊은 데다 무서울 거라고 말하며 아이를 위로하려 했지만, 아이가 생각하기에 엄마와 꼬마 동생과 함께 남아 바닷가나 거닐어야 한다는 건 너무나 부당한 일이었다. 더구나 지난 삼 년 동안 핼러윈마다 두족류로 분장했을 만큼 문어에 푹 빠져 있던 아이였으니까. 바로 전해에는 내가 손수 꿰매고 속을 채워 만들어준 파란고리문어 코스튬을 입고 야광봉을 넣은 눈까지 완벽하게 갖추었더랬다.

문어의 가로로 찢어진 눈은 우리를 평가하는 열린 문처럼 보인다. 우리 인간이 세상을 완전히 망쳐 놓고 있다는 걸, 수십 년 안에 바다가 어떤 동물도 헤엄칠 수 없을 만큼 오염되리라는 걸 문어도 잘 아는 게 분명하다. 항상 수평을 유지하는 문어의 동공은 마치 잔잔한 물 위의 뗏목처럼 차분하며, 심지어 문어가 공중제비를 돌며 춤출 때도 결코 고양이처럼 수직이 되는 일이 없다. 눈뿐만 아니라 그 주변의 피부 또한 놀라운데, 문어가 위협을 받는다고 느끼면 눈을 보호하기 위해 자동으로 '속눈썹' 혹은 수염 모양을 형성하기 때문이다. 하지만 우리와 마주친 문어가 속눈썹을 만들 때도 그 눈동자는 확고하게 우리를 바라보고 있을 것이다. 팔에 신경 지능이나 미각 감지기는 고사하고 문어의 촉수마다 촘촘히 달린 300개의 빨판 중 단 하나조차 없는 보잘것없는 생명체를. 문어의 빨판에는 촉감, 형태, 특히 맛을 감지할 수 있는 감각 신경세포가 만 개 정도 있다. 우리 손바닥 안쪽에 그런 빨판이 단 하나라도 있다면 얼마나 근사하겠는가! 문어도 우리 인간의 결핍을 불쌍히 여길 게 분명하다는 생각이 스쳐갈 정도다.

문어가 인간을 구별할 수 있는지 실험한 시애틀 수족관의 두 연구자가 있다. 두 사람은 수족관에 있던 문어 여덟 마리에게 매일 점점 더 자주 접근했다. 한 사람은 등 뒤에 솔을 감추고 다가가서 문어를 쿡쿡 찔러 댔고, 다른 사람은 문어에게 줄 먹이를 가져갔다. 똑같은 푸른색 작업복을 입었고 키도 비슷했던 두 사람은 매번 서로 방향을 바꿔가며 수조 안의 문어들에게 접근했다. 그럼에도 문어들은 일주일도 지나지 않아서 두 사람을 확실히 구별하기 시작했다. 심지어 그중 한 마리는 솔을 가지고 오는 연구자를 향해 흡관을 쳐들어 물을 내뿜었고, 그동안 나머지 문어들은 기뻐하는 몸짓을 하며 먹이를 가진 연구자 쪽으로 다가갔다.

반 시간쯤 지나자 남편을 비롯한 오합지졸 문어 사냥꾼들이 헤엄쳐 돌아오는 것이 보였다. 내가 가르치는 학생 두 사람이 나를 향해 달려오기 시작했다. 그 이유는 분명했다. 두 사람은 거의 한 달 내내 문어를 보고 싶어 안달복달하던 선생님에게 자랑할 전리품을 소중히 들고 있었다. "손 내밀어보세요, 빨리요!" 학생들이 외치더니 내가 펼친 열 손가락 위에 문어를 털썩 내려놓았다. 내 손 안에서 문어가 아른아른한 보랏빛을 띠며 창백해져갔다. 지금까지 수족관에서 여러 번 보아온 건강한 문어의 얼룩덜룩한 보라색과 적갈색과는 전혀 달랐다. 세 개나 되는 문어의 심장이 점점 느리게 뛰기 시작했다. 몇 분만 있으면 문어는 죽을 터였지만, 나는 그런 사실을 전혀 모르고 있었다.

그 대신 나는 문어의 황금빛 눈을, 내게 못 박힌 그 동공을 들여다보았다. 내 손목과 팔뚝에 휘감겨 나를 지각하고 맛보던 문어의 촉수가 천천히 늘어져갔다. 내 손에 들려 있었던 그 짧은 순간 문어는 나에 관해 얼마나 많은 것을 알아내고 느꼈을까. 내가 느낀 애정과 흥분을, 그리고 문어가 내 손에서 죽어가고 있음을 깨달았을 때의 깊은 절망감도 인지할 수 있었을까? 내가 아는 건 단지 다른 생명체가 나를 그토록 골똘히 바라보고 집중하며 궁금해한다고 느낀 적이 없었다는 사실뿐이다.

큰아이가 조바심내며 말했다. "얘가 왜 안 움직여요, 엄마? 도로 놔 줘요. 겁에 질렸나 봐요!" 우리는 문어를 되살리려고 물속에 놔주었지만, 보랏빛을 띤 그 몸은 해안선을 따라 내려앉은 흰 대리석 자갈 위로 밀물 속을 떠다닐 뿐이었다. 수많은 손에 붙잡혀 물 위로 끌어 올려지면서 극심한 스트레스를 받은 것이다. 홀로 조용히 늙어가기를 선호하는, 움직이지 않고 느리게 살며 물속에서 가만히 주변 세상을 지켜보고 싶어 하는 생물에겐 지나치게 힘든 경험이었다. 모두가 조용해졌다. 몇몇 학생들이 슬며시 타월을 챙기더니 그 자리를 떠났다.

그 뒤로 큰아이는 문어를 먹지 않게 되었다.

회색왕관앵무
GREY COCKATIEL
Nymphicus hollandicus

부모님의 귀염둥이인 회색왕관앵무 치코가 날아가 버렸을 때, 아빠는 32도에 이르는 더위에도 차창을 내린 채 호수를 몇 바퀴나 돌며 특유의 굵직한 인도 억양으로 녀석의 이름을 불렀다. 엄마는 문을 활짝 열어둔 흰색 3단 금속 새장을 머리 위로 높이 쳐들고 보도를 오락가락했다. 그러다 보면 치코가 다시 제집으로 날아 들어와 기름진 해바라기 씨앗과 수수 이삭 다발이 담긴 도자기 잔에 내려앉을지도 모른다는 생각이었다.

　동생과 내가 각자 직장에 자리를 잡고 다시는 본가로 돌아갈 일이 없게 되었을 때, 부모님은 빈 둥지 증후군을 겪

회색왕관앵무
• 161 •

는 다른 여러 부모들과 똑같은 행동을 했다. 새로운 반려동물을 데려온 것이다. 회색왕관앵무는 왕관앵무 중에서도 가장 몸집이 작은 종류다. 몸 대부분은 이름 그대로 회색이지만 나머지는 흰색이며, 얼굴은 대체로 연한 노란색을 띤다. 왕관앵무는 '체다치즈 볼', 즉 그들을 조류 세계의 어릿광대처럼 보이게 하는 양쪽 볼의 동그란 오렌지색 무늬로 유명하다. 키는 사과 세 알을 쌓아올린 높이고 몸무게는 카드 한 벌보다 살짝 가벼우며, 수명은 보통 20년에서 25년 정도다. 앵무새 중 유일하게 부채꼴이 아니라 뾰족한 꼬리를 지닌 품종이기도 하다. 게다가 하루에 최소한 열두 시간은 잠을 자기 때문에 돌보기도 쉬워서 퇴직자에게 완벽한 반려동물이라고 할 수 있다.

엄마는 아침마다 모닝커피를 마시기도 전에 새장에 덮은 담요를 살며시 걷고 새장 뚜껑도 반쯤 열어주는데, 그러면 밖으로 튀어나온 치코가 부모님 몸에 걸터앉아 종일 수다를 떤다. 저녁 식사 시간쯤 치코가 '이제 그만 잘래요'라는 의미의 휘파람 소리를 내면 엄마는 십자말풀이를 잠시 내려놓고 새장 뚜껑을 닫는다. 치코에게 잘 자라고 인사한 다음 새장 안이 어두워지도록 담요를 덮어준다. 유쾌하고 조용하며 안온한 일상이다.

하지만 부모님이 차고 문과 실내로 연결되는 문**까지** 깜박하고 열어놓았던 어느 운명적인 봄날, 두 분은 치코의 날개깃을 잘라주는 일도 몇 달 넘게 깜박했다는 사실을 깨닫게 되었다. 오토바이 한 대가 유난히 시끄러운 굉음을 내며 집 앞 거리를 지나간 순간, 치코가 파드득 날아오르더니 자유를 만끽하듯 순식간에 길을 따라 호수 쪽으로 사라져간 것이다.

왕관앵무는 다른 앵무새와 달리 사람의 말소리보다도 휘파람 소리를 잘 흉내 내기로 유명하다. 심지어 노래 한 곡을 끝까지 휘파람으로 불 줄 아는 왕관앵무도 드물게 존재한다. 게다가 왕관앵무는 공중제비, 악수, 신호에 따라 날아갔다가 날아오기, 상대를 포옹하려는 듯 양 날개를 활짝 펼쳐 보이기, 신호에 따라 휘파람 불기 등도 배울 수 있다고 한다. 치코는 이런 재주 중 하나도 배우지 못했지만 적어도 말라얄람어 민요 한 소절은 부를 수 있다. "타 타 므 푸차 푸차! 타 타 므 푸차 푸차!" 대충 번역하면 '저 고양이 조심해!'라는 뜻이다. 하지만 우리 부모님은 고양이를 키우지 않는다.

부모님은 오후 내내 호숫가를 빙빙 돌며 치코의 이름을 불렀지만 허사였다. 해가 지자 아빠는 결국 집으로 돌아와

진입로에 차를 세우며 흐느껴 울었고, 엄마는 운전석 쪽으로 걸어가 치코가 쓰던 쨍그랑 소리가 나는 줄 모양 장난감을 아빠의 무릎에 집어 던졌다. "이게 무슨 소용이야? 이제 아무 쓸모없어"

두 분의 가녀린 새는 조만간 맹금류 아니면 플로리다의 무더위에 목숨을 빼앗길 터였다. 아빠는 운전대를 더욱 힘주어 붙잡았다. 격하게 터져 나오는 흐느낌을 거무스름한 손바닥으로 꽉 움켜쥐려는 것처럼. 그 순간 두 분이 너무도 잘 아는 새된 외침 소리가, 모호크족처럼 깃털이 곤두선 작고 흰 머리가, 화사한 노란색과 회색의 몸이 눈앞을 확 스쳐가더니—감나무 꼭대기에 열매 하나도 뭉개지지 않을 만큼 살며시 내려앉았다. 아빠는 검은 우산을 펼쳐서 치코를 들어 내린 다음 엄마와 함께 이 믿기지 않는 행운에 호들갑을 떨었다. 그날 밤늦게 두 분은 부엌 싱크대 앞에 서서 치코의 날개깃을 잘라냈다. 동네 호숫가를 따라 몇 킬로미터나 걸은 터라 두 분 모두 깊이 잠들었고, 그날따라 잠자리도 유난히 포근하고 기분 좋게 느껴졌다. 에밀리 디킨슨이 썼듯이, 희망이란 날개가 달린 것이니까.

용과
DRAGON FRUIT
Hylocereus undatus

용과의 형광분홍색은 여름날과 팝송을 찬미하는 것처럼
느껴진다. 머리 꼭대기에 아슬아슬하게 얹힌 선글라스를.
양말을 신기엔 너무 더운 날씨를. 그 빛깔은 감전된 것처럼
저릿저릿하며, 수십 년 전의 MTV와 스쿨버스 뒷자리에서
입안에 집어넣던 동그랗고 쭉 늘어나는 '버블 염Yum' 풍선
껌을 연상시킨다. 엄마가 바르지 못하게 했던 립스틱, 반짝
이 가루와 발음하기 어려운 이름의 화학 성분이 들어갔고
보이 조지, 휘트니 휴스턴, 듀란듀란의 여러 멤버가 내가
가장 아끼던 음반 표지 사진에서 바른 립스틱과 똑같은 빛
깔이다.

그처럼 현란한 빛깔의 과일이라면 맛도 톡톡 튈 거라고 생각하기 쉽다. 하지만 많은 사람은 용과가 그토록 허풍스럽고 요란한 겉모습과 달리 무척 밍밍한 멜론 같은 맛이 난다고 말한다. 그래도 부모님이 뒤뜰에서 손수 물을 주어 가꾸며 딸을 찾아올 때마다 자랑스럽게 자루에 담아오는 용과는 내겐 복숭아만큼 달콤하게 느껴진다. 용과의 원산지는 중앙아메리카지만, 내가 이 과일을 처음 맛본 것은 싱가포르에서의 어느 만찬 자리였다. 초청 작가로 싱가포르 대학교를 방문하면서 엄마도 함께 모시고 온 참이었다. 나는 용과의 빛깔에 홀딱 반해서 이 과일에 관해 더 알아보기로 했다. 자유시간이 생기자 택시를 타고 싱가포르 중심가의 유명한 식도락 거리 중 하나인 라우파삿Lau Pa Sat으로 가달라고 했다. 그곳에 가면 여러 노점상에서 알록달록한 용과맛 셰이크와 아이스크림과 잼을 팔고 있다는 이야기를 들었기 때문이다.

이 화려한 빛깔의 과일에 관해 이야기하려면 우선 내가 목격한 중에 가장 몽환적인 개화 광경에서 시작해야 한다. 용과 꽃은 딱 하룻밤 동안만 만발한다. 박쥐나 벌이 꽃가루받이를 하여 이 꽃에서 용과가 맺히게 할 수 있는 시간이 단 하룻밤이라는 것이다. 높이가 15센티미터에 이르며 초록빛 도는 흰 꽃은 해가 뜰 무렵이면 시들어버리고, 차오르는 열기와 박쥐 날갯짓 소리만이 창백하게 쭈그러든 꽃 언저리를 맴돈다.

이 열매의 다른 이름들도 용과dragon fruit 못지않게 환상적이다. '신데렐라 나무', '밤에 피는 손가락 선인장', '딸기 배' 등등. 눈길을 빼앗는 용과의 강렬한 진분홍빛은 껍질에 풍부하게 함유된 라이코펜[붉은색 채소나 과일에 풍부한 카로티노이드 색소] 때문이다. 7.5센티미터에서 10센티미터 크기의 열매 하나하나는 이름 그대로 용의 비늘을 닮은 나긋나긋하고 부드러운 초록색 이파리로 뒤덮여 있고, 그 안의 희뿌연 과육은 작고 까만 씨가 박혀 있어 키위와 비슷하게 보인다. 실제로 용과는 질감과 맛 때문에 밍밍한 키위에 비유되곤 한다. 키위만큼 새콤달콤하진 않지만 그래도 은근히 달달하며, 차갑게 해서 먹으면 더욱 맛이 좋다.

여름날에 마시기 딱 좋은 맛있는 칵테일이 있다. 어쩌다 동네 식품점에서 용과를 발견하는 날이면 나는 이 칵테일을 만든다. 껍질을 벗기고 얇게 저민 용과 한 알을 보드카 1/3컵, 갓 짜낸 라임주스 약간, 코코넛밀크 1/4컵과 섞는다. 얼음 몇 조각을 집어넣어 유리잔 표면에 물방울이 맺히게 한다. 용과 한 조각을 유리잔 가장자리에 꽂아 열대 느껌을 더해준다.

바깥공기가 잠든 용의 숨결처럼 뜨거운 미시시피의 한여름 몇 주 동안, 나른하고 축축 늘어지는 저녁나절에 이 칵테일만큼 우리를 달콤하게 잠재우는 음료도 없다. 화상을 입었을 때 용과 과육을 으깨서 분홍빛으로 달아오른 민감한 살갗에 바르면 알로에와 같은 진정효과가 있다. 용은 이 분홍빛 알이 연상시키는 무서운 야생의 존재이기도 하지만 한편으로는 치료약이 되기도 하는 것이다. 1년 중 작열하는 태양이 우리를 적막한 겨울로부터 끌어내는 데 그치지 않고 살아 숨 쉬며 날뛰는 것처럼 느껴지는 계절, 우리가 손대는 만물이 물집과 심한 화상을 안겨주는 것만 같은 계절에.

플라밍고
FLAMINGO
Phoenicopterus ruber

플라밍고는 먹이를 구하고 춤추기 위해 소다 호수[천연 소
다 성분이 침전된 알칼리성 호수]로 돌아온다. 두 다리를 벌린
채 사방팔방으로 빙빙 돌고 관절을 뒤로 꺾으며 춤춘다. 무
더위가 찾아오면 호수에 두껍게 쌓인 소금층이 뜨거운 햇
볕에 익어간다. 플라밍고는 이 나트륨 풍부한 진흙으로 높
이 60센티미터 정도의 탑을 쌓고 바위처럼 단단한 그 둥지
에 알을 딱 하나 낳는다. 플라밍고가 모여드는 소다 호수에
는 물고기가 거의 살지 못하기에 가장 좋아하는 먹이인 해
초를 가지고 물고기와 경쟁할 필요도 없다.

    대학 신입생 시절의 나도 플라밍고와 같았다. 열일곱 살

에도 계속 키가 자라면서 하체가 상체보다 더 길어졌다. 나는 방과 후에 친구들과 함께 중고 옷가게의 남성복 코너를 뒤져 몸에 맞는 청바지를 사곤 했다. 허리는 가늘고 엉덩이가 납작한 이 몸이 소금 기둥으로 변할 수도 있다는 걸 그때는 미처 몰랐다. 우등 신입생 기숙사와 가장 가까운 편의점인 UDF(전국 낙농업자 연합United Dairy Farmers이라니 얼마나 중서부적인 명칭인가)에 가면 20대 후반의 남자들이 우리에게 추파를 던졌다. 나와 내 여자 친구들은 휴식 시간에 각자 이름 앞으로 1달러씩 달아두고 아이스크림을 사먹었다. 계산대 남자 직원에게 몇 번 더 웃어주고 미소를 보내며 조만간 기숙사에서 열릴 파티에서 만나자고 약속하면 아이스크림 한 파인트를 외상으로 사서 나눠 먹을 수도 있었다. 물론 파티 얘기는 전부 거짓말이었지만.

함께 둥지를 지을 일부일처 배우자를 찾기 위해, 플라밍고는 다른 플라밍고들과 함께 발맞추어 걷는다. 엄청나게 긴 목을 쭉 뻗어 머리를 쳐들고 부리를 이쪽저쪽으로 부딪쳐 딱딱 소리를 내며 일사불란하게 행진한다. 놀랍도록 질서정연한 춤사위 속에서도 가장 활발하게 움직이는 플라밍고들이 짝짓기에 성공한다. 수십만 마리 이상이 모여 춤출 때면 그 모습은 더욱 경이롭다. 지구에서도 손꼽히게 수

나는 아직 여기 있어

• 172 •

명이 긴 새들이 50여 년간 함께 살아갈 짝을 구하려는 광경이다.

우리도 가끔 클럽에서 연상의 남자들과 춤추었다. 솔직히 말해서, 중고생 시절 내내 분홍색 플라스틱 안경을 끼고 남자아이들 대부분에게 무시당하는 책벌레로 지내다가 갑자기 내 갈색 피부에 열광하는 남자들을 만나니 으쓱해진 건 사실이었다. 열두 살 이후로 깡마른 두 다리가 쑥쑥 자라나기 시작하면서 밤새 잠을 못 이루곤 했고, 때로는 아파서 울며 부모님 침실로 뛰어들어가기도 했다. 어둠 속에서 두 분의 몸 위로 달빛이 아른아른 쏟아지고 있었다. 언제든 엄마나 아빠 중 한쪽은 꼭 내 울음소리에 깨어났고, 계단을 달려 내려가 물주머니에 뜨거운 물을 채워 와서는 내 다리를 주물러 주었다. 내가 울음을 그치고 종아리가 노곤하게 풀리는 것을 느끼며 잠들 때까지. 타이레놀은 전혀 효과가 없었다. "자라느라 그런 거야. 네가 자라고 있어서 그래." 다음 날 아침이면 부모님은 이렇게 나를 다독여주었다. "너 다리가 엄청 길어지겠네. 잘됐어, 정말 잘됐다!"

플라밍고는 다리를 한쪽씩 번갈아가며 깃털 아래 집어넣고 서서 잔다. 체온을 조절하고 항상 한쪽 다리를 따뜻하게 유지하기 위해서다. 우리에게 플라밍고의 무릎처럼 보이는 것은 사실 발목이다. 플라밍고의 진짜 무릎은 배 깃털에 가려져 보이지 않는다.

플라밍고가 '행진'한다고 말하기는 좀 꺼림칙하다. 요즘 그 단어는 전쟁이나 폭력을 암시하는 것처럼 느껴지기 때문이다. 최근 플로리다에서 일어난 한 사건을 살펴보자. 탬파의 부시 가든 동물원에는 그곳의 마스코트로 여겨질 만큼 사랑받던 핑키라는 플라밍고가 있었다. 핑키는 그 동물원에서도 유난히 많은 관람객이 찾는 유명 인사였고, 기념품 가게에 관련 물품이 많았기에 특히 아이들에게 인기가 높았다. 탬파 역사상 가장 무시무시한 동물원 폭력 사태가 일어났던 그날까지는 말이다. 그 슬픈 날 동물원에 있던 사람들 여럿이 플라밍고 우리 주변을 오락가락하며 수상하게 구는 마흔다섯 살 정도의 남자를 목격했지만, 그 남자가 왜 아이들 눈앞에서 2킬로그램 정도밖에 나가지 않는 핑키의 목을 움켜쥐고 높이 쳐들어 뜨거운 시멘트 바닥에 거칠게 내던졌는지는 아무도 몰랐다. 그 공격으로 핑키의 발은 갈기갈기 찢어졌고, 다음 날 동물원 수의사들은 울면서 핑키를 안락사시켰다.

여자 친구들과 나는 대학가 술집에 춤추러 갈 때도 물 이외엔 아무것도 마시지 않았다. 집으로 돌아갈 때는 반드시 여럿이서, 최소한 둘 이상 짝지어 걸었다. 우리는 해가 질 때까지 공부한 다음 밤늦도록 깨어 있기 위해 잠시 '디스코 휴식' 시간을 갖곤 했다. 저녁 아홉 시쯤이면 외출 준비를 하고 좀처럼 신분증을 확인하지 않는 술집들로 유유히 걸어 들어갔다. 남성용 청바지에 검은 통굽 구두를 신고 목에 딱 붙는 목걸이와 가느다란 가죽 팔찌를 여러 줄 차고서. 종종 집에 돌아오지 못한 여자아이들 이야기를 듣곤 했다. 1990년대라서 그랬을 거라고만 생각했다. 버튼 몇 개만 누르면 연락이 되고 친구들에게 도움을 요청하거나 경찰에 신고할 수 있는 휴대전화가 사용되기 이전이었으니까. 하지만 25년이 지난 지금도 내 모교에서는 여학생이 실종되었다는 이야기가 들려온다. 실종자가 마지막으로 목격된 시간은 저녁 9시 45분이었다. 술집이 영업을 마치고 바닥 걸레질을 시작하는 것보다 한참 이른 시간이다.

우리는 주로 밤중에 장거리 비행에 나서는 플라밍고와도 같았다. 어둠 속에서 너무도 많은 납치 사건이 일어나곤 했다. 우리가 안전한 일상 속에, 그런 '나쁜 일'은 일어날 수 없는 장소에 있다고 여기던 순간에. 하지만 한낮에 깃털이 북슬북슬한 몸통 아래로 기다란 다리를 질질 끌며 날아오르는 플라밍고는 우스꽝스럽게 보이기 마련이다.

다음 날 누가 경찰에 전화했대. 동네 공원에서 그 여자애 시체를 찾았다고.

모든 현란한 춤사위 아래에는 어둠이 존재한다. 플라밍고라고 하면 누구나 분홍색을 떠올리지만, 사실 플라밍고에겐 날개를 활짝 펼쳐야 드러나는 열두 개의 까만 날개깃이 있다. 그토록 화사한 빛깔 아래 숨겨진 예상 밖의 시커먼 사선.

그 애 말이야, 동네 식당 아르바이트를 마치고 집에 돌아가던 중이었대.

수요일부터 토요일까지 밤마다 여자 친구들과 춤추러 다녔던 대학 신입생 시절에서 25년이 지난 지금, 나는 큰 주립대학교의 교수가 되어 있다. 이제 내가 저녁 외출을 하는 건 주로 우리 아이의 야간 공작 수업 준비물을 사오기 위해서다. 하지만 아직도 나는 어두운 주차장에서 어깨너머를 흘끗 넘겨본다. 내가 차에 탔고 집으로 가는 중이라고 남편에게 미리 문자를 보내놓는다.

졸업식까지 석 달도 안 남았었대.

캠퍼스 주변 보도를 따라 춤추러 가는 어린 여학생들이 보인다. 주말이 되려면 한참 멀었지만 그들은 춤추고 또 춤출 것이다. 한때 내가 그랬던 것처럼. 나는 그들 모두가 오늘 밤에도 무사히 집으로 돌아가게 해 달라고 마음속으로 몇 번이고 기도한다. 지금까지는 모두가 무사히 집에 돌아왔다. 여럿이 함께 외출한 젊은 여성들을 볼 때마다 그들을 위해 기도문 비슷한 것을 입속으로 중얼거리게 된다. 오늘 밤 저들이 무사히 이불 속에 다리를 뻗을 수 있기를. 저들의 부모가 한밤중에 무시무시한 전화를 받는 일 없이 둘만의 침실에서 쌔근쌔근 잠들 수 있기를.

눈부신 달빛 아래, 우리가 모르는 어둑한 세상을 날아가는 분홍빛과 검은색 날개들이 나직한 천둥소리처럼 은은하게 반짝거린다. 이 지구상에서의 소소한 춤사위를 좇아가려고 버둥대다 보면 그 무시무시한 바람 소리에 귀를 기울이기 어려울지도 모른다. 하지만 그렇게 해야 한다. 최대한 애써봐야 한다.

리본장어
RIBBON EEL
Rhinomuraena quaesita

산호 뒤에 숨어 있던 이 알록달록한 장어가 근처를 지나가는 구피 한 마리를 발견하고 쫓아가 잡아먹고 싶어지면, 그저 바닷물에 풀어져 녹아드는 리본 캔디[리본 모양으로 길게 말아 놓은 크리스마스 사탕]처럼 몸을 쭉 펼치면 된다. 아니, 이렇게 표현하는 쪽이 낫겠다. 리본장어의 구불구불한 몸, 웬만한 파도 뺨칠 만큼 파도치는 그 몸은 세 살짜리 큰아이와 갓난아기인 둘째 재스퍼를 데리고 온종일 홀로 지낸 뒤 남편에게 하루 동안 있었던 일을 미주알고주알 늘어놓는 내 혓바닥 같다고.

수컷 리본장어의 가늘고 긴 등지느러미는 강렬한 황록

색이며 배 부분은 시선을 강탈하는 짙은 코발트색이다. 암컷 리본장어는 온몸이 노랗고 길이는 1미터쯤 된다. 리본장어는 모두 새까만 빛깔의 수컷 개체로 태어나되 번식기가 되면 일부가 암컷으로 성전환하는 자웅이숙 동물이다. 일단 암컷이 되면 한 달 내에 짝짓기를 하고 알을 낳은 다음 죽기 때문에, 야생에서 암컷 개체를 보기는 매우 어렵다. 리본장어의 콧잔등 양쪽에 하나씩 있는 길쭉한 이파리 모양의 콧방울은 어둑한 해저 밑바닥을 지나가는 먹이를 탐지할 수 있게 해준다. 리본장어의 미뢰[척추동물이 맛을 느끼는 꽃봉오리 모양의 기관]는 전부 아래턱에 달린 추레한 노란색 염소수염 안에 들어 있다.

리본장어는 몇 년이고 같은 모래톱 구멍이나 산호 무더기에 머문다. 머리만 쑥 내밀고 '이야, 여기 근사한 내 집 좀 봐!'라고 외치는 것처럼 입을 딱 벌리고 있는데, 사실은 아가미로 물을 빨아들여 호흡하는 것이다. 리본장어는 거의 항상 이런 자세로 화려하고 납작한 몸통 대부분을 숨긴 채 지내며, 그 상태로 20년까지도 살 수 있다. 리본장어에게 무엇보다 큰 위협은 관상어 산업이다. 리본장어는 포획된 상태에서 얼마 살지 못하며 수조에 들어가면 아무것도 먹지 않는다. 자신의 우아한 몸을 낚아채어 비닐봉지나 양동이에 집어넣은 추악한 손길들에 대한 소리 없는 저항 행위인 셈인데, 그러다 보면 십중팔구 1년도 못 되어 죽어버린다.

우리가 스쿠버다이빙을 하는 중에 머리 위로 리본장어가 꾸물꾸물 지나가더라도 십중팔구는 알아차리지 못할 것이다. 리본장어의 아랫배는 수면에 굴절된 하늘빛깔과 완벽하게 일치하는 위장 색을 띄기 때문이다. 물결이 일렁이는 기척을 느끼고 고개를 들더라도 **아무것도** 보이지 않기 십상이다. 내가 지난번 남중국해에서 잠수했을 때는 임신 3개월 무렵이었기에 리본장어가 수면 근처에는 좀처럼 나타나지 않는다는 것이 고맙게 느껴졌다. 만화 속 음파의 형상을 닮은 그 구불구불한 근육질의 몸을 생각만 해도 뱃속이 뒤집히는 것 같았다. 육지에서는 뱀을 그리 무서워하지 않는 편이지만, 리본장어의 크게 벌린 아가리를 보게 되면 유쾌함만큼 두려움도 스멀스멀 솟아날 듯했다. 작은 물고기가 지나쳐 갈 때마다 깜짝 놀라며 즐거워하듯 항상 벌어져 있는 그 아가리를.

내 작은아이는 매사에 놀라고 신기해하며 자그만 입을 딱 벌리는 아기로 이웃과 친구들 사이에 유명했다. 그 애는 결코 지치는 법이 없었다. 불을 끄고 이제 잘 시간이라고 속삭인 다음 어둠 속에 가만히 누워 있다 보면, 침실로 흘러드는 달빛에 아직도 몰티저스 초콜릿마냥 동그랗게 눈을 뜨고 나를 바라보는 아이의 얼굴이 드러났다. 그칠 줄 모르는 기쁨에 살짝 벌어진 입술, 성긴 눈썹과 올빼미처럼 곱고 가느다란 솜털이. 그 애가 신기하다는 표정을 짓지 않는 건 오직 평화롭게 잠든 동안뿐이었는데, 그것도 두세 살 때까지는 상당히 드문 일이었다. 하지만 일단 내 가슴에 달라붙어 잠들고 나면 얼마나 곤히 잤던지! 유난히 추웠던 그해 뉴욕 서부의 한겨울 동안에도, 그런 잠에서 깨어나면 우리 둘 다 살짝 땀을 흘리고 있었다.

그 애 인생 최초의 조용한 겨울날을 우리는 그렇게 보내곤 했다. 밤새 수십 센티미터나 눈이 쌓이는 동안 담요를 덮고 곤히 잠자면서. 분주한 학기 동안엔 내가 아무 생각 없이 흘려보냈을 온갖 것들에 입을 크게 벌리고 경이로워하면서. 큰아이가 태어났던 학기에는 집을 떠나 있어야 했기에 이처럼 둘째와 함께 보내는 게으른 나날이 더욱 소중하게 느껴졌다. **두 살이 될 때까지** 절대로 한 번에 세 시간 이상 잔 적이 없는 악당 녀석이었는데도. 어쩌면 그 나른한 몇 달 동안 내가 제대로 할 수 있었던 일은 그렇게 놀라고 경이로워하는 것뿐이었으리라.

침대에서 나와 남편 사이에 누워 있던 그 애가 갑자기 똑바로 일어나 앉으면 들려오던 규칙적인 시곗바늘 소리를 어떻게 잊을 수 있을까? 달빛 아래 또롱또롱하던 아이의 눈빛은 남편이나 내게 이끌려 거실에 나가서 춤추거나 팔에 안긴 채 집 안을 한바퀴 '구경'한 뒤에야 다시 졸음기를 띠곤 했다. 그 당시 내게는 시를 위한 언어가 없었다. 사실 언어 자체가 거의 없다시피 했지만, 그래도 아이에게 큰 소리로 말을 걸며 소박한 즐거움이 가득한 우리 소굴의 이런저런 세부사항을 얘기해줄 수는 있었다. "여긴 세탁실이야. 이 기계로 옷을 빠는 거야. 이건 벽장인데, 안에 뭐가 들었을까? 와, 빗자루랑 진공청소기네! 너도 나이가 들면 이걸 갖고 놀면서 집 안 청소를 하게 될 거야." 아이가 열광하는 전등 스위치도 있었다. 그것도 각 방마다! 아이는 특히 식당에 있는 조명 조절 장치를 가장 좋아했지만 나는 그걸 마지막까지 아껴놓았다. 내가 아이를 안고 천천히 조절 장치 쪽으로 걸어가면 아이는 신이 나서 양말 신은 두 발을 버둥댔지만, 나는 갑자기 부엌으로 쑥 빠지며 아이를 애태우곤 했다. "이 서랍 안에 있는 숟가락들 좀 봐! 그리고 이건 결혼식 때 쓴 도자기 세트란다. 아마도 다시는 이걸로 밥 먹을 일이 없겠지! 근데 잠깐, 우리가 조명 스위치를 깜박했나? 아, 이걸로 불을 켤 줄 아는 아기가 있으면 좋겠는 데! 어머나, 혹시 **네가** 바로 그 아기니?"

작은아이의 언행이 리본장어마냥 요란해진 이유의 어느 정도는 한 살이 되기 전까지의 이런 조용한 한밤중 모험 때문이었는지도 모른다. 특히 일과의 대부분이 야외에서 이루어지는 이곳 미시시피에서는 난리도 아니다. "엄마! 나 좀 봐요! 이것 좀 보라고요! 엄마, 내가 홈런 치는 것 좀 보세요! 엄마, 방금 그 개구리 봤어요? 이것 봐요! 내가 얼마나 높이 뛰어오르는지 봤죠? 저기 벌새가 있어요! 엄마!" '이것 봐! 나 좀 보라고! 저 바삭바삭한 새우 좀 보라니까!' 하고 온몸으로 외치며 헤엄치는 리본장어가 따로 없다.

이변이 없는 한 아직도 내 등에 업혀 있는 이 꼬마가 우리 집의 막내로 남을 듯하다. 지금도 너무 커져서 나한테 업혀 집 안을 돌아다니는 건 올해 여름이 마지막일 듯싶지만 말이다. 아이는 이미 내 품에서 쉽사리 빠져나온다. 한밤중의 모험은 최근 들어서야 그만두었는데, **벌써** 그 시간이 그리워지려고 한다. 내 몸에 감겨 있던 아이의 몸이, 아주 드물게 둘 다 눈을 감고 딱 달라붙은 채 깊이 잠들던 시간이 그립다. 재스퍼는 개구쟁이라 좀처럼 가만있질 않는다. 아이가 걷기 시작한 뒤로 내가 찍은 사진은 거의 모두

똑같은 표정, 움직임의 순수한 기쁨에 취한 표정을 담고 있다. 입을 크게 벌리고 딱히 정해지지 않은 누군가를 크게 외쳐 부르는 모습. 빨간색 후드 티를 입고 휙 달려가는 흐릿한 형체. 바로 지금도 아이는 이 방 저 방으로 내달리고 있다.

재스퍼는 이제 내 등에 업히지 않고, 남편과 나는 뛰지 말고 천천히 걸으라며 몇 번이고 아이를 타일러야 한다. 하지만 다행히도 주차장을 지나가거나 도로를 건너갈 때면 아이는 여전히 손을 뻗어 내 손을 붙잡는다. 온 가족이 집에서 영화를 보는 저녁이면 담요를 들고 와 내 무릎에 파고들어서는 우리 주위에 쿠션을 늘어놓는다. "이것 봐요, 엄마! 우리 동굴 안에 있어요!" 재스퍼가 성냥개비처럼 가는 몸을 내게 어찌나 바짝 붙이는지, 한순간이나마 아장아장 걸음마를 하던 아기 시절로 되돌아간 것처럼 느껴진다. 아이가 내게서 헤엄쳐 떠나갈 때까지는 아직 시간이 남았다.

오듀번 버드카운트 데이
(매년 크리스마스 무렵 겨울을 나기 위해
이동한 철새의 개체 수를 관찰하고 기록하는 행사)에
미시시피주 옥스퍼드에서 조류 관찰을 하며
여섯 살과 아홉 살 난 내 백인 혼혈 아이들이 질문한 것들

— 우리가 하루 종일 새를 찾아다니다가 길을 잃어버리면 찾으러 올 사람은 있어요?

— 엄마가 신은 참새 한 마리도 다 지켜보고 계신다고 그랬잖아요, 근데 신이 다 아시는 걸 왜 굳이 세는 거예요?

— 이 근처에 화장실 있어요?

— 왜 망원경을 갖고 가면 안 된다는 거예요? 하늘에 엄청 높이 날아가는 새가 있을지도 모르잖아요. 우리가 그 새를 놓치면 버드카운트를 망칠 텐데요.

— 왜 암컷 홍관조는 슬퍼 보이는데 수컷 홍관조는 파티에 가려는 것처럼 보이죠?

— 학교에서 누가 그러던데 벌들이 사라지고 있대요. 그리고 벌들이 안 보이게 되면 우리도 사라질 거래요. **진짜**예요?

— 난 사라지기 싫어요. 하지만 꼭 그래야 한다면 엄마랑 같이 사라져도 돼요?

아빠는요? 아빠도 사라지지 않았으면 좋겠는데요.

— 위장이 뭐예요?

— 내가 빨간 옷을 입고 홍관조 뒤에 서 있어도 엄마가 홍관조를 알아볼 수 있나요? 아니면 저만 보일까요?

— 하지만 수컷 홍관조는 겁나지 않을까요? 빨간 벽 말고는 아무 데서도 위장을 못 하잖아요.

— 아, 내 빨간 셔츠도 되겠네요. 암컷 홍관조는 좋겠어요! 어디서든 잘 숨을 수 있으니까요.

-엄마도 암컷 홍관조 같아요. 갈색이니까요.

-왜 엄마가 아빠보다 위장을 잘하는 거예요?

-지금 내 위장은 중간 정도인 거죠?

-내가 크면 갈색이 돼요, 아님 흰색이 돼요?

-왜 피부가 흰 사람 몇몇은 피부가 갈색인 사람을 싫어하는
걸까요?

-걱정 마요, 엄마. 숲속에서는 그런 나쁜 사람을 피해 숨을 수
있어요. 엄마는 위장을 잘하잖아요.

-나처럼 **반반**이라도 위장을 잘할 수 있을까요?

-만약 학교에서 나쁜 사람들이 나타나면 책상 아래 숨어야
해요. 지난주에 연습했어요.

-그런 걸 '봉쇄'라고 한대요! 아주 조용히 있어야 해요. 지금
이렇게 새를 기다리는 것처럼요.

-그 사람들은 왜 아이들을 사냥하려고 하죠?

-매가 우리 주위를 맴도는 건 우리 중에 좋은 사냥감이 있다고 생각해서 그런 거예요?

-이 근처에 화장실 있나요?

-박태기나무redbud tree는 왜 그런 이름이 붙었어요? 꽃이 전부 보라색인데요.

-벌새도 가끔은 날기 지쳐서 잠깐 물에 떠서 헤엄치고 싶다는 생각을 할까요?

-벌새가 바다 위를 날아가는 동안에도 간식거리가 있을까요, 아님 그냥 꽃이라고 생각하면서 공기를 삼킬까요?

-왜가리는 진짜 이상한 거 같아요. 어쩌면 저렇게 꼼짝도 않고 가만있죠? 개구리랑 물고기가 불쌍해요. 걔네들은 왜가리가 새 조각상인 줄 알 거 아니에요.

-만약 내가 날개를 펼치고 집을 바라보는 터키콘도르 떼를 본다면 뭔가 무시무시한 일이 일어나겠다고 생각할 거예요.

-벌새에 꼬리표를 붙이는 아주머니 봤던 거 기억나요?

-그 벌새는 분명히 질색했을 거예요. 멕시코에 도착하면 다른 새들이 막 웃으면서 '너 발목이 왜 그래?'라고 물었을 테니까요. 지난번 축제에서 내 얼굴에 새를 그려 준 아주머니도 기억나요? 그날 밤 엄마가 얼굴을 씻으라고 말했던 것도요? 그땐 진짜 슬펐어요.

-새도 눈꺼풀이 있어요?

-새가 날아가는 동안에 눈을 감기도 해요?

-새도 우리한테 윙크할 수 있어요? 지난주에 나한테 윙크하는 갈색지빠귀를 본 것 같거든요. 아무한테도 얘기는 안 했지만요.

-아직도 근처에 화장실 없어요?

-내가 마흔 살이 돼서 버드카운트를 하는데 새가 한 마리도 안 보이면 어떡하죠?

　-내가 마흔 살이 되면 엄마는 사라지나요?

　-내가 예순 살이 되면요?

　-엄마! 지금 이 숲에 초록색 새가 백 마리도 더 있는데 우리만 모르는 거 아닐까요? 다들 위장을 하고 숨어서 메모장을 들고 있는 우리를 구경하는 거예요. 우리 버드카운트가 완전히 틀렸다고 자기들끼리 낄낄대고 놀리면서요.

　-새들은 낄낄대지 않는단다.

　-하지만 자기들끼리 윙크는 할 수도 있잖아요?

최고극락조
SUPERB BIRD OF PARADISE
Lophorina superba

우리 결혼식이 있던 날, 내가 살던 뉴욕 서부의 나른하고
작은 마을은 사리를 차려입고 밀려드는 사람들로 북적거
렸다. 그 동네에서 그토록 많은 사리saris와 바롱 타갈로그
[Barong Tagalogs, 파인애플 껍질 섬유를 손으로 짜서 만드는 필리
핀의 남성 예복]를 보는 건 처음이었다. 우리 결혼식 사진은
지역 신문 1면에 실렸다. 우리가 받은 결혼 선물 중에는 열
살 정도의 아이에게 맞을 바롱 타갈로그도 있었다. "하지
만 우리한테 아이가 안 생기면 어쩌지?" 나는 선물을 풀어
보다가 한숨을 쉬며 남편에게 말했다. "아이가 생기더라도
아들이 아니라면?"

결혼식 손님들은 온갖 빛깔의 사리를 입고 있었다. 빨강, 보라, 칠흑 같은 검정, 그리고 특히 결혼식의 색인 청록. 피로연에서 모두 얼마나 신나게 춤추었던지! 디제이의 휴대용 조명 기구가 쏟아내는 불빛에 색색의 사리가 반짝거렸다. 그래서인지 무도장을 바라보던 나는 문득 큰극락조도 작은극락조도 아닌 최고극락조를 떠올릴 수밖에 없었다.

최고극락조는 다채롭고 화려한 빛깔을 띤 새다. 부리는 1월의 가장 깜깜한 밤처럼, 흑조 깃털에 먹물을 찍어 까만 종이에 쓴 편지처럼 아름다운 검은색이다. 최고극락조가 길고 검은 목깃을 세우면 목둘레를 감싼 타원형 케이프 자락이 나부끼는 듯 보이는데, 이는 동물계를 통틀어서도 손꼽힐 만큼 화려한 과시 행위다. 최고극락조의 무지갯빛 도는 푸른 머리 깃은 햇살을 받으면 더욱 짙푸르게 빛나며, 목깃이 이루는 새까만 타원형 위로 조그만 두 눈이 두드러져 보인다.

크기 20센티미터 정도의 작은 몸으로 신나게 춤추는 이 눈부신 새는 뉴기니에 서식한다. 대체로 과일이나 나무 열매를 먹고 살지만 가끔 작은 도마뱀을 간식 삼기도 한다. 최고극락조는 평소에 고독하게 지내는 편이지만 번식기만은 예외다. 내가 이 새에게서 가장 좋아하는 점은 수컷이 리듬을 타기 전에 말 그대로 '무도장'을 정돈한다는 것이리라. 나뭇잎이나 종잇조각을 늘어놓아 춤출 영역을 표시하고 나면 본격적인 구애의 춤이 시작된다. 검은 꼬리깃을 부채꼴로 펼치고 암컷 앞에서 펄쩍펄쩍 뛰면서, 청록색 머리깃을 만화 속의 웃는 입처럼 가로로 넓적하게 펼쳐 검은 목깃 위로 두드러져 보이게 한다.

우리가 피로연 디제이에게 절대 틀지 말라고 한 음악은 딱 세 곡이었다. 〈스트로킹〉, 〈치킨 댄스〉 그리고 〈마카레나〉. 피로연 장소로 가는 대절버스를 탔는데 문제의 디제이로부터 남편에게 문자가 왔다. 자기가 대상포진으로 앓아누웠지만 훌륭한 대체인력을 보냈으니 걱정할 필요 없다, 그 대신 청구서에서 백 달러를 깎아주겠다는 내용이었다.

아니나 다를까 아무도 모르는 노래가 네다섯 곡 흐르더니 어느새 무도장이 텅 비어버렸다. 손님들은 여전히 웃고 마시며 떠들고 있었지만 춤추는 사람은 하나도 없었다. 나는 기겁해서 입이 찢어져라 억지웃음을 띤 채 남편의 귓가에 절박하게 속삭였다. "신나는 노래 좀 틀라고 해, 2005년 이후에 나온 걸로 **아무거나!**"

이미 늦었다. 익숙한 룸바 리듬이 흘러나오기 시작했다.

하지만 그 순간 놀라운 일이 일어났다. 〈마카레나〉가 스피커에서 큰 소리로 흘러나오자 다들 무도장으로 나갔을 뿐만 아니라 자연스럽게 옆 사람과 어울려 춤추기 시작한 것이다. 캔자스주 서부에서 온 남편의 사촌이 양팔을 뻗어 인도에서 온 내 작은삼촌의 손을 잡았다. 분홍색 사리를 두른 팔촌뻘 친척이 내 대학원 시절 단짝을 향해 엉덩이를 흔들어대고 있었다. 시할아버지와 시할머니가 뉴욕에서 온 나의 절친한 필리핀계 친구들 조지프와 세라 옆에서 양손을 뒤통수에 갖다 대고 몸을 실룩거렸다. 대체 어떻게 **모두가** 이 춤을 아는 거지?!

1996년에 나온 〈마카레나〉 뮤직비디오는 색채의 향연이었다. 등장하는 댄서들의 옷차림을 보라. 은빛 핫팬츠, 머리에 쓴 오렌지색 스카프, 크게 부풀린 보랏빛 머리, 넘쳐나는 배꼽티, 통굽 구두. 그뿐만 아니라 피부색도 다양하다. MTV 화면에 머리를 땋고 이마에 빈디를 찍은 인도 여성이 등장한 것은 이 비디오가 최초였으리라. 백금발의 북유럽 여성과 머리를 삐죽삐죽 묶은 동아시아 여성도 등장하며, 메인 댄서는 금발 레게머리를 붙인 매력적인 흑인 여성이다. 노래를 부르는 안토니오 로메로 몽헤와 라파엘 루이스는 검은 정장을 깔끔하게 빼입고 각각 은빛과 구릿빛 넥타이를 맸다. 뮤직비디오 촬영이 끝나는 대로 결혼식에

라도 참석할 것 같은 옷차림이다.

〈마카레나〉가 한 번만 들어도 찐득하게 귓가에 들러붙는 후크송이라는 건 안다. 뮤직비디오가 경박한 악취미라는 것도, 이 노래가 결혼식 피로연에서 흔히 금지곡이라는 것도 안다. 하지만 〈마카레나〉라는 제목만 들어도 다들 슬그머니 발을 까딱이게 되지 않는가? 그 친숙한 박자를 머리에 떠올리기만 해도, 첫 마디를 듣기만 해도 섹시한 리듬에 어느새 슬며시 미소 짓게 되지 않는가? 적어도 미소 비슷한 것 말이다. 새로운 사랑과 기쁨이 넘치던 그 초여름 날 저녁, 각각 캔자스의 밀밭과 인도와 필리핀의 열대 해안에서 태어나 자란 두 사람의 놀라운 사랑 이야기가 온갖 색채와 웃음과 춤의 불협화음 속에 시작되고 있었다.

그때가 벌써 거의 15년 전이다. 항상 춤추기를 좋아했고 세 살 때부터 춤을 배운, 그리고 나처럼 청록색을 가장 좋아하는 우리 맏아들도 이제 바롱 타갈로그를 맞출 수 있을 만큼 훌쩍 자랐다. 이곳 미시시피 북부에서 예복을 갖춰 입을 일이 생긴다면 말이다. 언제든 당당하게 춤추기를 즐기는 아이들이 있다는 건 얼마나 놀라운 일인지! 어디서든 음악이 나오면 주저 없이 몸을 흔들어대고 심지어 자기 머릿속에서만 들리는 음악에 맞춰서도 춤출 수 있는 아이들이. 그렇기에 나는 여러분에게 묻고 싶다. **여러분이** 마지막으로 최고극락조처럼 신나게 춤춰본 게 언제인지? 마지막으로 흔들고 날뛰고 까불고 팔딱이고 흥청거리고 튀어 오르고 발을 구르고 이리저리 폴짝대고 껑충대고 까딱대고 으쓱대고 거들먹거린 게 **대체** 언제쯤인지? 춤춘 장소가 길거리였는가? 자유분방하게 거칠 것 없이 춤추었는가? 리듬에 맞춰 선회하며 상대를 빙글빙글 돌리고 그 사람의 마음을 사로잡았는가? 설사 상대가 없다고 해도 거리낄 것 없다. 탱고를 추는 데는 두 사람이 필요할지 모르지만, 매력을 뽐내며 꽁지깃을 흔들어대는 것은 혼자서도 충분히 가능하니까. 단 한순간만이라도.

붉은점영원
RED-SPOTTED NEWT
Notophthalmus viridescens

이 동네에서 저 동네로 이사할 때마다 마음이 아프긴 했지만, 정말로 나를 슬프게 했던 이사는 딱 한 번이었다. 뉴욕주 고완다의 작은 동네(어찌나 작은 곳이었던지 말 그대로 마을에 가까웠다)에서 고등학교 2학년 전체 회장을 지낸 뒤 650킬로미터나 떨어져 있고 아는 사람이라곤 하나도 없는 오하이오주 교외의 고등학교 졸업반으로 전학 갔던 때 말이다. 뉴욕에서의 마지막 밤을 나는 열다섯 동갑내기 단짝 친구들인 애머릭과 세라와 함께 보냈다. 우리는 밤새 침낭 안에서 엉엉 울었다. 새벽녘이 되어 울새와 휘파람새의 요란한 울음소리가 들려오기 시작할 때까지도. 우리는 항상 서로 연락하고 지내기로 굳게 약속했지만, 열다섯 살에는 모든 변화가 끔찍하게 심각한 것으로 느껴지기 마련이다. 그렇다 보니 **지금 당장** 눈앞에 닥친 이사의 부담감에 온몸이 떨려왔고 대체 어떻게 이 친구들이 없는 일상을 살아갈 수 있을지 모르겠다는 생각마저 들었다. 그날 아침 나는 마지막으로 친구들과 함께 침낭을 정리하고 서로를 껴안으며 작별 인사를 했다. 두 아이는 여름방학 동안 안전요원으로 일하게 될 쇼토쿼의 캠프장으로, 그리고 우리 가족은 오하이오의 새로운 집으로 떠났다. 애머릭과 세라는 내 인생의 진정한 첫사랑이었기에 큐어의 〈러브 송〉은 바로 **우리를** 위한 노래처럼 느껴졌다. 공원 벤치에 홀로 앉아 휴대용 시디플레이어로 그 노래를 몇 번이고 반복해 들으며 흐느꼈던 기억이 지금도 생생하다. 그해 가을 동안 두 친구에게 몇 장에 이르는 기나긴 편지를 보내곤 했던 기억도. 우리는 지나간 초여름 날의 기억을 최대한 오래 간직하려고 애썼지만, 어쩔 수 없는 가을바람과 함께 찾아온 때 이른 추위는 우리처럼 감상적인 피조물들도 조만간 겨울을 나기 위해 길가의 포석이나 거름 무더기 아래로 들어가야 함을 암시하고 있었다.

어린 시절 우리 가족이 몇 번이나 이사한 기억을 떠올리다 보면 붉은점영원이 좀 더 잘 이해되는 것도 같다. 붉은 점영원은 수년간 숲속 땅바닥을 돌아다닌 뒤에야 비로소 어느 연못에 자리 잡을지를 결정한다. 붉은점영원만큼 오랫동안 보금자리를 탐색하며 돌아다니다 보면 점점 까다로워지고 안목이 높아지되 아쉬워하는 기간은 줄어들게 마련이다. 엄마가 일했던 캔자스주의 병원, 겨우 몇 달 머물렀던 아이오와주의 모텔, 그리고 애리조나주에 남기고 온 이상적인 집에 이르기까지 머릿속 지도에 남겨진 이런저런 산책길의 여름 한창때 풍경을 서로 견주어본다. 선인장과 강바닥을 지나고 이웃집 정원을 건너 어느 주에서나 볼 수 있는 이 빠진 공원 벤치를 스쳐 걸어간다.

육지 생활을 하는 유생 단계의 붉은점영원은 환한 오렌지색 몸에 검은 테두리가 둘러진 검붉은 점박이 무늬가 있다. 점박이 무늬는 다른 동물들에게 날 잡아먹었다간 바로 죽게 될 거라고 경고하는 구실을 한다. 붉은점영원의 몸에는 파란고리문어나 복어와 같은 치명적인 독성 물질이 있기 때문이다. 이 점박이 무늬 덕분에 붉은점영원은 물고기들로부터 무사할 수 있다. 영원은 수생식물 대부분과 공존할 수 있는 유일한 도롱뇽목 동물이다. 몇 년 뒤 성체가 된 영원은 이전의 환한 빛깔을 잃고 올리브빛 진녹색으로 변한다. 촉촉하고 번들번들한 등 위에 드문드문 희미한 오렌지색 얼룩이 남아 있을 뿐이다.

영원은 유생 단계에 접어들면 태어난 연못을 떠나간다. 보통 늦여름에, 특히 따뜻한 비가 충분히 내린 다음에 그렇다. 고완다의 우리 동네 공원 산책로를 걸을 때 사탕단풍나무 아래 떨어진 축축한 이파리를 막대로 살짝 찔러 보면 거의 항상 솜사탕 빛깔의 유생이 튀어나오곤 했다. 2년에서 4년 정도 육지를 탐색하며 보내고 나면(미시시피 동부에서는 주로 삼림지대의 낙엽 더미 속이나 진창길에서 서식한다), 대부분은 자신이 알에서 부화했던 고향 연못으로 돌아갈 길을 찾아낸다. 최근 인디애나주의 과학자들이 발견한 바에 따르면 영원은 지구의 전자기장에 동조함으로써 고향으로 가는 길을 알아낸다고 한다. 이들은 영원 여러 마리를 태어난 연못에서 약 45킬로미터 떨어진 수조 안에 옮겨놓고, 수조마다 전자기 장치를 하여 북쪽이나 남쪽으로 약 200킬로미터 거리에 해당하는 전자기장을 발생시키는 실험을 진행했다. 실험할 때마다 영원들은 수조 가장자리에 모여 고향 연못이 있는 방향을 향했다.

영원은 강자성[외부의 자기장에 의해 강하게 자기화되어 자기장이 없어져도 자기화가 유지되는 성질] 금속 성분을 체내에

함유한 드문 양서류 중 하나다. 게다가 햇빛과 별빛의 궤적을 기억해 고향 연못으로 돌아갈 수 있는 놀라운 능력까지 있으니, 회귀 능력에 있어서는 연어에 필적하는 동물이라 할 만하다. 더욱 놀라운 것은 체내의 자석 나침반 덕분에 대부분의 영원이 죽을 때까지 고향 연못에서 1.5킬로미터 이상 벗어나지 않는다는 점이다. 고작해야 축구장 열여덟 개 정도밖에 안 되는 거리다.

나의 회귀 본능은 내가 짐작했던 것보다 훨씬 강력했다. 청소년기에 뉴욕 서부를 떠나고 10년 뒤, 나는 위스콘신주 매디슨에서 1년 동안의 연구생 기간을 마무리하고 있었다. 신입강사 일자리를 찾으려고 학계 구인란을 훑어보다가, 뉴욕 옛집으로부터 그리 멀지 않은 곳에서 사람을 구하는 광고를 발견하고 내 눈을 의심했다. 합격 가능성은 거의 없어 보였지만 그래도 지원해보기로 했다. 한편으로는 차를 타고 매디슨 여기저기를 돌아다니며 서점이나 카페 일자리를 닥치는 대로 알아보고 있었다. 카페 바리스타든 영어교수든 가릴 때가 아니었다. 정년보장 교직을 얻을 수 있을지도 모른다고 소망하는 것조차 죄스럽게 느껴졌다. 내가 아는 건 단지 교단에 머물고 싶다는 것뿐이었지만, 야외 활동을 하고 글을 쓸 시간도 있었으면 했다.

며칠이나 걸려 면접을 본 뒤, 마침내 내 마음의 고향으로 돌아오라는 놀랍고도 기쁜 전화를 받았다. 그 이후로 15년을 뉴욕에서 지내며 결혼을 하고 아이들도 낳았다. 하지만 뉴욕도 나의 영원한 보금자리는 아니었다. 옛 단짝 친구들은 여전히 나와 연락하고 지냈지만 이미 뉴욕을 떠난 지 오래였다. 내가 사는 동네에는 아직도 피부가 갈색인 사람이 드물었다. 우체국에서 필리핀과 인도의 '너희 친척들'은 잘 있느냐고 묻는 지인들에게, 아무 생각 없이 식품점에 들어섰을 때 갑자기 '나마스테!'라고 인사하는 사람들에게, 캠퍼스에 더 많은 인종다양성이 필요하다는 내 의견을 점점 더 적대시하는 직장 분위기에 지쳐 버렸다. 무엇보다도 너무나 많은 이들에게 단 한 명의 유색인 친구 역할을 해주는 게 지겨워졌다. 겨울마다 호수효과[차가운 바람이 따뜻한 수면 위를 지나갈 때 온도차로 인해 만들어진 구름에서 내리는 눈]에 따른 폭설로 막히는 도로에서 운전하느라 고역을 치른 지도 벌써 15년째였다. 이 호수에서도 떠나갈 때가 된 것이다. 나는 계속 보금자리를 찾아 나서야 했다.

연못마저 꽁꽁 얼어붙는 한겨울 동안에도 가끔은 빙판 아래로 빠르게 지나가는 붉은점영원을 목격할 수 있다. 뉴욕에서도 가장 춥고 혹독한 겨울날, 우리 가족을 데리고 어디로 이사할지 꿈꾸는 것 외엔 아무 일도 할 수 없는 그런 날에 빙판 속에서 움직이는 붉은점영원을 본다면 어떨까 상상해보곤 했다. 그 오렌지색 미등 같은 점박이 무늬 꼬리를 본다면 점점 더 초조해지는 내 마음도 어느 정도 차분해지지 않을까. 내 고향 연못이 아무리 춥게 느껴진다 해도 언젠가는 반드시 얼음이 녹게 마련이라는 사실을 떠올릴 수 있지 않을까. 붉은점영원을 본다면 일말의 희망이 돌아올 거라 생각하고 싶었다. 이민자 부모님이 내가 이 나라 어디에 있게 되더라도 편안하기를 바라며 어떤 풍토에서도 위안을 찾도록 줄곧 단련시켜 주었다고 믿고 싶었다. 내가 신뢰했던 이들이 아무리 나를 실망시킨다고 해도.

내게는 탈출에 필요한 모든 수단이 있었다. 탈출하는 데 전기나 텔레비전 화면은 필요 없었다. 그저 주위 경관을, 내 **영역**을 바꾸기만 하면 되었다. 우리 평생 손꼽히게 혹독했던 겨울도 지나가고 **결국엔** 여름과 바비큐와 샌들의 시간이 돌아왔다. 그리고 그해 늦가을, 붉은점영원이 그러듯 남편과 나 또한 귀환하고 싶다는 갈망을 느꼈다. 하지만 이번에는 붉은점영원과 달리 우리 가족에게 익숙하고 안전한 환경 대신 완전히 새로운 지역, 즉 미시시피주로 향했다. 옥스퍼드에 도착해 발을 디딘 바로 첫날부터 몸속의 무언가가 움직이는 것을 느꼈다. 마치 내 안의 미세한 자석들이 차렷 자세를 취하며 한 줄로 늘어서는 듯했다. **마침내** 내가 있어야 할 곳에 왔다는 사실을 뼛속 깊이 느낄 수 있었다. 내 귀소 본능이 나를 강력하게 이 땅으로 끌어당긴 것이다. 우리 가족이 탐험할 새롭고 흥미로운 풍경, 푸른 하늘 아래 칡덩굴이 무성하게 얽히고 귀뚜라미가 노래하는 땅으로.

큰화식조
SOUTHERN CASSOWARY
Casuarius casuarius

풍선껌처럼 빨갛고 파란 큰화식조의 머리와 민둥한 목덜미를 보면 현란한 장식물과 깃발이 내걸린 정글 속 카니발 광경이 떠오른다. 큰화식조는 정말이지 머리끝부터 발끝까지 우스꽝스럽게 생겼다. 온몸을 뒤덮은 까만 깃털 때문에 검은색 가발을 한 쌍의 파충류 다리 위에 올려놓은 것처럼 보인다. 풍선처럼 크고 휘둥그런 갈색 눈알은 여섯 살짜리 아이가 그려놓은 듯이 생겼다. 기묘한 걸음걸이로 터덜터덜 걸어가는 모양이 잊어버린 춤 동작을 기억해내려고 애쓰는 것 같다. 하지만 그렇다고 해서 이 새를 우습게 여겨선 안 된다. 큰화식조는 지구상에서 유일하게 살인 경력이 있는 조류로 알려져 있으니 말이다.

　가장 유명한 사례로 플로리다에서 큰화식조 한 쌍을 반려동물로 기르던 한 남자가 있다. 2019년의 어느 날 그는 암컷이 갓 낳은 연두색 알의 상태를 확인하려다 실수로 발이 걸려 넘어졌다. 경악한 수컷이 달려들어 그 남자를 발톱으로 난도질해버렸다. 1958년 어니스트 토머스 길리어드가 '살인 발톱'이라고 표현한 큰화식조의 발가락은 "쉽사리 사람의 팔을 잘라내거나 내장을 끄집어낼 수 있다." 하지만 실수를 저지른 반려동물 주인의 경우를 제외한다면 큰화식조가 사람을 해치는 것은 보통 먹이 때문이다. 큰화식조는 사람에게 먹이를 받아먹는 데 쉽게 익숙해지며, 그러고 나면 누구에게나 먹이를 기대하며 다가오게 된다. 하지만 먹이를 받지 못하면 상대를 발로 차고 갈기갈기 찢어버릴 것이다. 만약 당신에게 이런 일이 일어난다면, 당신이 피 흘리며 죽기 전에 마지막으로 보게 될 것은 화식조의 파란 목이 눈앞으로 휙 달려들고 쓰러진 당신의 눈 위에서 사과처럼 빨간 아랫볏이 시계추마냥 이리저리 흔들리는 광경이리라.

　하지만 큰화식조의 가장 중요한 특징은 바로 돌기다. 정수리에 돋아난 이 짙고 딱딱한 각질은 큰화식조가 나이 듦에 따라 커져서 놀랍게도 18센티미터에 육박하게 된다. 큰화식조는 돌기를 통해 깊은 숲속에서 들리는 소리를 증폭시켜 주변 환경을 파악하며, 따라서 제대로 길이 나지 않은 숲속에서도 시속 50킬로미터 정도로 달릴 수 있다. 돌기는 몸을 낮게 숙인 채 달리는 큰화식조의 머리를 보호해주는 투구 역할도 한다. 최근에는 백악기 후반에 지구를 활보했던 공룡 '코리소랍토르 자콥시'의 뼈 화석이 발견되었는데, 분석 결과 볏처럼 생긴 돌기를 비롯하여 여러 면에서 큰화식조의 골격과 놀랍도록 비슷하다는 것이 밝혀졌다. 이로써 '살아 있는 공룡'이라는 큰화식조의 별명이 한층 더 타당성을 얻게 되었다.

큰화식조는 타조를 제외하면 가장 큰 조류이기도 하다. 암컷은 수컷보다 커서 150센티미터에서 180센티미터 정도쯤 되며 목도 훨씬 더 화려한 푸른빛이다. 큰화식조는 2미터 이상 높이 뛰어오를 수 있다. 큰화식조는 개, 고양이, 말을 싫어하는데 그 이유는 아직 밝혀지지 않았다. 주된 먹이는 과일로 알려져 있으며 수백 종의 열대 과일을 통째로 집어삼키지만, 뉴기니와 오스트레일리아 북부의 황무지에서는 도금양 꽃이나 개구리도 먹는다고 한다. 과일나무 쪽에서도 큰화식조의 식생활에서 이득을 본다. 과학자들은 오스트레일리아에서도 희귀한 나무 리파로사ryparosa의 씨앗이 큰화식조의 소화관을 한 차례 통과하고 나면 발아 확률이 높아진다는 사실을 발견했다. 이처럼 큰화식조가 본능적으로 주변 환경에 공헌함에도(어찌 보면 **보답**한다고 말할 수도 있겠다) 불구하고, 이 새의 서식지 80퍼센트가 이미 훼손된 상황이다.

큰화식조가 죽는 것은 대체로 고속도로와 지나치게 가까운 곳에서 먹이를 찾다가 차에 치여서다. 이런 사고가 점점 늘어나면서 오스트레일리아 교통부는 특별한 노란색 경고 표지판을 제작하기도 했다. 큰화식조 특유의 윤곽선과 앞 유리창이 깨어진 채 추락하는 차가 그려져 있고 빨간색 강조선 위에 '과속은 큰화식조를 죽입니다'라고 적힌 표지판이다.

사실 이 놀라운 새에 관해 아는 사람은 그리 많지 않다. 상점에 곰이나 토끼 봉제인형은 줄줄이 진열되어 있지만 아이들이 껴안을 수 있는 큰화식조 인형은 없으니까. 엄청나게 인기 있는 플라밍고와 달리 큰화식조가 그려진 티셔츠나 플라스틱 잔디 장식품, 샤워커튼을 원하는 사람은 거의 없을 것이다. 큰화식조는 동물원에서 기르기도 어렵다. 열대 우림과 같은 환경을 조성해주어야 하고 마음껏 뛰어다닐 공간도 필요하며, 이상적인 상태라면 헤엄칠 연못도 있어야 한다. 게다가 큰화식조는 혼자 생활하는 편을 선호한다. 단 한 마리의 새를 위해 엄청난 공간과 비용을 투자해야 하는 셈이다.

하지만 나는 의문스럽다. 인간 때문에 서식지가 급속히 줄어들고 있지만 많은 사람들이 한 번도 듣거나 본 적이 없는 동물에게 연민을 느끼려면 반드시 동물원이나 수족관을 거쳐야 하는 걸까? 큰화식조의 우르릉대는 울음소리는 알려진 새 소리 중에서도 가장 저주파 영역에 속하며 보통은 인간이 들을 수 없을 정도로 낮다. 하지만 큰화식조가 가장 깊은 숲속에서 자기네끼리 우르릉거릴 때도, 보호구역 지킴이들은 그 진동을 듣지는 못할지언정 뼛속 깊이 느낄 수 있다고 말한다. 큰화식조가 내는 소리를 듣지 못해도 문자 그대로 그 존재를 느끼는 것이다. 인상적인 외모를 지닌 이 새의 초연하고 엄숙한 표정은 우리가 조만간 자기네를 볼 수 없게 되리라고 경고하는 것처럼 보인다.

큰화식조의 붉고 푸른 목이 신호등처럼 우리에게 반사적으로 경고를 보낼 수 있다면 어땠을까? 운전할 때 우리 자신과 다른 생명체에 조심하고 교통 규칙을 따르라고 말이다. 하지만 유감스럽게도 오스트레일리아 열대 우림의 생물 다양성을 유지하는 데 **필수적인** '핵심종'으로 분류되어 있는 이 기이하고 아름다운 새가 우리 인간 때문에 죽어가고 있다는 게 현실이다.

'뼛속 깊이 느껴진다'는 표현은 무언가가 진실임을 안다는 의미로 쓰인다. 큰화식조의 유명한 울음소리가 다른 의미에서 그들에게 주의를 기울여야 한다는 자연의 경고라면 어떨까? 큰화식조의 놀라운 생김새와 무시무시한 발톱이 단순한 찬사와 경이의 대상이 아니라 지구상에서 그들의 존재를 인식해야 한다는 암시라면? 몸속까지 떨리게 하는 저 진동이 우리 모두는 연결되어 있다는 물리적 경고라고 생각해보라. 큰화식조의 개체수가 감소한다면 과일나무도 줄어들 것이며 수백 종의 동물과 곤충이 위기에 처할 거라고. 시에스타 키 해변에 담요를 깔고 앉아 있다가 빈 감자 칩 봉지를 모자반 덤불 속에 내버리는 행락객을 목격할 때마다 **우르릉**, 하고 외치고 싶다. 6번 고속도로에서 내 앞의 트럭 운전석에 앉아 다 먹은 패스트푸드 포장지를, 그에 이어 불이 꺼지지도 않은 담배꽁초를 몇 개씩 차창 밖으로 던지는 남자에게 **우르릉**, 하고 외치고 싶다. 나이아가라 폭포 주립공원에 텅 빈 플라스틱 물병을 놔두고 떠난(그중 두 개는 쓰러져 결국 폭포 속으로 빠져버렸다) 가족에게 **우르릉**,

하고 외치고 싶다. 모르시겠어요? 우리 모두는 결국 하나
라고요. **우르릉.**

제왕나비
MONARCH BUTTERFLY
Danaus plexippus

슈피리어 호수에는 철 따라 이동하는 나비 떼가 급작스럽게 비껴가는 지점이 있다. 나비들이 왜 하필 그곳에서 급선회를 하는지는 아무도 몰랐다. 마침내 지질학자들이 연결고리를 찾아내기 전까지는 말이다. 수천 년 전에는 바로 그 자리에서부터 수면 위로 솟아난 산이 있었던 것이다. 이 나비 떼와 그 자손들은 한 번도 본 적 없는 산을, 그 지점에서 반사되던 음파를 여전히 기억하고 비행 방향을 바꾸며 앞으로도 계속 그럴 것이다. 나비들은 어떻게 보이지 않는 것에 관한 지식을 다음 세대에 물려주는 걸까? 나비가 부화하는 놀라운 첫날 밤에 번데기 안에서 빙빙 돌며 홀로 부르는 노래를 통해 메시지가 전달될까? 아니면 아침 햇살 아래 두 날개를 펼칠 때 등줄기에 와 닿는 음향을 통해? 초원을 하늘하늘 날아다닐 때 박주가리[잎과 줄기에서 나오는 흰 유액을 나비들이 즐겨 먹어서 영어로 milkweed라고 불린다] 풀이 그 메시지를 속삭여줄까?

어쩌면 그건 지극히 쓸쓸한 기억인지도 모르겠다. 보이지 않는 키스, 슈피리어 호수의 산처럼 오래전 무너져 사라진 존재의 기억 때문에 영원히 바뀌어버린 삶이라니. 어쩌면 머지않은 미래에 내 목소리를 닮은 어떤 소리가 내 고손의 고손을 사로잡을지도 모른다. 그 애로서는 도저히 이름을 알 수 없고 누구인지도 모를 사람의 목소리가 마음속을 자꾸만 쑤석거릴 것이다. 그와 함께 송진이 진득하게 묻은 소나무 바늘잎 특유의 텁텁한 감촉이 그 애의 두 손에 황혼녘에만 볼 수 있는 어슴푸레한 빛깔의 얼룩을 남기리라.

보이지 않는 키스란, 우리의 기억과 마음속에 남아 있는 것이 단일한 이야기나 장면이 아니라 아마도 과거의 유령에서, 예컨대 난생 처음 정동[속이 빈 부분에 광물 결정이 빽빽하게 박힌 암석 덩어리] 안의 자줏빛 수정을 발견했던 순간을 떠올릴 때 느껴지는 경이와 놀라움에서 비롯된다는 것이다. 공룡을 주제로 준비한 아이의 생일파티에서 처음으로 정동을 직접 쪼개보게 되었을 때 나는 혹시라도 파편이 튀어 동공에 상처가 나는 일이 없도록 그것을 양말 속에 집어넣었다. 몇 번 정도 조심스럽게 두드려본 다음, 먼지와 돌 부스러기만 가득한 양말을 보고 실망할 마음의 준비부터 하면서 마구 부숴대기 시작했다. 하지만 양말 속 내용물을 손바닥에 쏟은 순간 나의 행운을 믿을 수가 없었다. 돌덩어리와 함께 진보랏빛으로 반짝이는 자수정이 굴러 나온 것이다. 갑자기 9학년 때의 과학 시간으로 되돌아간 기분이었다. 모스 경도계에 따라 광물을 구분하는 시간제한 테스트가 생생히 떠올랐다. 모스 경도계에서 가장 무른 광물은 운모고 가장 단단한 광물은 다이아몬드라는 것 정도는 다들 알았지만, 그 사이에 있는 광물들을 기억하는 아이는 드물었다. 하지만 **나는** 항상 수정에 이끌렸다. 수정 표본을 가장 오래 손에 쥔 채 이리저리 굴리며 어루만졌고, 아무도 보지 않을 때 살짝 핥아 보기까지 했다. 마치 캠프파이어의 연기와 같은 맛이 났다.

몇 년 전 여름이 끝나갈 무렵 미시시피의 우리 집 현관 문간에 고운 연두색 번데기가 나타났다. 가족 모두가 열심히 지켜보았지만 번데기는 좀처럼 부화하지 않았다. 남편이나 나나 번데기가 부화하지 않을 수도 있다는 얘기는 들은 적이 없었기에, 양육 과정에서 당혹스러운 일이 생기면 항상 그랬듯 계속 지켜보기로 했다. 번데기 껍질이 거의 투명해져서 아이들이 그 안에 차곡차곡 접혀 있는 제왕나비의 낯익은 날개 무늬를 들여다볼 수 있을 정도였다. 아이들은 아침에 일어나자마자 번데기 상태부터 확인하곤 했다. 방과 후 집에 오자마자, 그리고 잠들기 직전에 마지막으로. 정원 일에 조예가 있는 내 친구들은 한 주만 더 기다려 보라고 조언했다. 두 주가 지나고 세 주가 지났지만 번데기는 그대로였다. 작은아이가 번데기 앞에 쪼그려 앉아서 나비가 경주에라도 나간 것처럼 말을 걸며 응원하는 광경도 한번 이상 목격했다. "힘내, 할 수 있어! 너도 태어나고 싶지, 응, 나비야? 우리 집엔 네가 먹을 박주가리도 많다고!"

우리 아이들에게 나비는 항상 특별한 존재였다. 큰아이는 유치원 시절에 나비를 너무 사랑한 나머지 나비가 번데기에서 부화하는 유튜브 동영상을 틀어달라며 졸랐고, 그 정교한 부화 과정을 묘사하는 엄숙한 내레이션을 달달 외우다시피 했다. 이후로 고등학교를 졸업하기까지 12년 동안 그 애가 말썽을 일으킨 건 딱 한 번, 동급생에게서 나비는 **여자애들이나** 좋아하는 거라는 말을 들었을 때뿐이었다. 나비를 사랑하는 사람이라면 누구나 그랬겠지만, 큰아이는 "입 닥쳐, 멍청아"라고 대꾸했다. 물론 담임 선생님이 들은 건 그 애가 외친 대꾸뿐이었고, 나는 처음이자 마지막으로 아이의 행동을 변명하기 위해 교장실로 찾아갔지만 엉뚱한 말만 늘어놓고 말았다. 내가 하려던 이야기는 이런 것이었는데. "제왕나비는 우리 **가족** 모두에게 정말 중요한 존재예요. 남편과 저는 결혼한 뒤로 살았던 모든 집에 박주가리를 비롯해 나비가 좋아하는 식물들을 심었죠. 사실 이곳 미시시피로 와서 정원에 가장 먼저 심은 것도 금관화 scarlet milkweed였어요. 줄기가 길고 생기 넘치는 식물인데, 붉은색과 오렌지색의 자잘한 꽃송이 하나하나가 나비를 끌어들이거든요."

번데기는 결국 부화하지 않았다. 어느 날 밤 작은아이가 취침 기도를 하면서 번데기를 언급하는 게 들렸지만, 이후로는 그 애도 다시는 번데기 얘기를 꺼내지 않았다. 결국 아이들이 학교에 가 있는 사이 남편이 번데기를 치워 버렸다. 둘 다 번데기가 어디 갔느냐고 묻지는 않았지만 그래도 그게 없어졌다는 건 눈치챘으리라. 남편과 내가 한참 전부터 알고 있던 사실을 이제는 두 아이도 이해하게 된 듯하다. 날개가 있다고 해서 반드시 무사히 날아갈 수는 없다는 것을.

다시, 반딧불이
FIREFLY (REDUX)
Photinus pyralis

우리 가족이 그리셤 하우스에 체류하는 마지막 주간이다. 이번 학년 열 달 동안은 미시시피주 옥스퍼드 바로 외곽의 30만 제곱미터에 이르는 이 저택 부지에서 지냈다. 이렇게 넓은 땅을 우리끼리 독점하는 일은 아마도 두 번 다신 없을 터라, 우리는 최대한 많은 시간을 야외에서 보냈다. 남편과 내가 체류 기간이 끝난 뒤에도 이 지역에 머물길 바랐던 여러 이유 중 하나는 이 아름다운 도시에서라면 더욱 긴 시간을 야외에서 지낼 수 있기 때문이다. 주민들이 '벨벳 물길'이라는 애정 어린 별명으로 부르는 이 푸르른 미시시피 북부의 도시에서는.

그리섬 하우스에서 지내는 마지막 한 주 동안의 가장 큰 즐거움은 수많은 반딧불이다. 부지 내의 조명을 전부 끄고 나면 처음에는 아무것도 보이지 않지만, 벌써부터 습한 5월의 대기 속에 장엄한 불빛이 점점이 떠오르기 시작하면 우리의 인내가 보상받았음을 알게 된다. 지난 한 해 동안 우리 아이들은 지금까지의 짧은 생애에서 처음으로 달려드는 자동차를 걱정할 필요 없이 광공해에 시달리지 않으며 끝없이 펼쳐진 하늘 아래 마음껏 별을 구경할 수 있었다. 아이들은 이곳에 오기 전부터 별자리를 잘 알아볼 수 있었는데, 내가 애리조나에서 지낸 어린 시절 그 애들의 할아버지에게서 별자리 보는 법을 배웠기 때문이다. 두 아이는 부지 위로 쏟아져 내리는 은하수를 알아보고 경탄에 빠진다. 오늘은 실내에 들어가고 싶지 않다고, 밤늦도록 잠자지 않고 별을 바라보고 싶다고 말한다. 작은아이가 내 허리에 양팔을 두르며 제발요, 하고 애원한다. 내가 그러라고 승낙하자 두 아이는 기쁨의 함성을 지르며 어둠 속으로 뛰어든다. 진입로를 따라 반딧불만이 깜박이는 넓은 벌판으로 달려간다. 내가 어떻게 안 된다고 말할 수 있겠는가?

경이란 그런 것이다. 경이를 느끼려면 어느 정도의 인내심이 필요하며 적당한 때 적당한 장소에 있어야 한다. **세상**

을 발견하기 위해서라면 사소한 기분 전환쯤은 포기할 만한 호기심도 가져야 한다. 전국 시詩의 달에 초등학교 방문 수업을 할 때면 나는 야외에서의 추억과 세밀한 감각을 일깨우기 위한 단서로 반딧불 이야기를 꺼내곤 한다. 하지만 최근에는 전체 스물두 명인 학급에서 열일곱 명이 한 번도 반딧불을 본 적이 없다고 말했다. 아이들은 내가 농담하는 거라고, 순전히 지어낸 얘기라고 생각했다. 나는 아이들에게 저녁 먹기 전 분홍빛 석양이 내릴 무렵에 뭘 하고 노는지 물어보았다. 내가 어렸을 때는 발야구, 숨바꼭질, 자전거 타기 등 별별 놀이를 다하다가 부모님이 현관 불을 켜고 나서야 집에 들어갔으니까. 하지만 학생들 대부분은 "게임을 하거나 영화를 봐요"라고 대답했다. 다시 말해 항상 실내에 있고 십중팔구는 스크린 앞에 있다는 얘기다.

2019년에는 중서부와 이스트코스트 지역 대부분에서 반딧불이 풍년이었다. 겨울이 그리 춥지 않았던 데다 봄에도 습도가 딱 적당했기에 6월 중순부터 7월 중순까지의 반딧불 철에 눈부신 장관이 연출된 것이다. 하지만 그렇다고 착각해서는 안 된다. 반딧불이 유별나게 많아지는 해가 있기는 해도, 과학자들에 따르면 변종만 2천 가지에 이르는 반딧불이 전체의 개체 수는 제초제와 광공해로 인해 계속

감소하고 있기 때문이다. 이런 개체 수의 감소 때문에(혹은 감소에도 불구하고) 세계 각국의 예술가들이 반딧불의 아름다움을 포착하려고 애쓰는 듯하다. 이는 어쩌면 한때 우리가 풍부하게 지녔던 것을 미래 세대에 보여주기 위한 기록인지도 모른다.

이런 예술가들의 공헌 중에서도 내가 유난히 좋아하는 사례가 있다. 사진가 츠네아키 히라마츠가 여름날 들판에 모여든 반딧불 무리를 8초 동안 장노출로 촬영한 작품이다. 그런 다음 컴퓨터로 사진 몇 장이 겹쳐지게 편집했는데, 그 결과 마치 그리스 북부나 인도 남부 섬의 밤하늘처럼 보이는 광경이 탄생했다. 히라마츠의 사진에서는 하늘도 땅도 똑같이 푸르게 반짝여 한 핏줄을 타고난 형제자매처럼 보인다.

반딧불이 실존한다는 것을 증명하고 밤중에 반딧불 가득한 들판이 어떻게 보이는지 알려주기 위해 인터넷 동영상을 틀어주어야 했던 날은 정말로 슬펐다. **학생 스물두 명 중에 열일곱 명이 반딧불이를 한 번도 못 보았고 그런 게 있다고 듣지도 못했다니. 반딧불이를 살짝 빈 잼 병으로 덮어서 붙잡거나 땀에 젖은 양손으로 그 불빛을 감싸본 적이 없다니.** 심지어 비교적 한적한 도로에 해마다 반딧불이 무리지어 나타나는 교

다시, 반딧불이

외 지역인데도. 게다가 그 아이들만의 문제도 아니다. 내가 맡은 대학 수준의 환경 글쓰기 강의에서도, 예를 들자면 단풍나무 잎과 떡갈나무 잎을 구분할 수 있는 수강생들이 훌쩍 줄어들었다. 이처럼 야외에 관한 지식이 전반적으로 줄어드는 현상이 우연일 리가 없다.

　다양한 반딧불이 변종의 이름을 모른 채로 자라난 사람들은 무엇을 잃게 될까? 섀도 고스트, 사이드와인더, 플로리다 스프라이트, 미스터 맥, 리틀 그레이, 머키 플래시트 레인, 텍사스 타이니스, 싱글 스내피, 트리톱 플래셔즈, 줄라이 코멧, 트로픽 트래블러, 크리스마스 라이츠, 슬로 블루, 타이니 루시, 미스치버스 마시 임프, 스니키 엘프, 그리고 (내가 가장 좋아하는 두 가지인) 히비지비스와 위글 댄서 같은 이름들을 전혀 몰라서 입안에 굴려볼 수도 없는 사람들은?

　이 모든 이름들이 침묵을 지키는 동안 수천 개의 더 작은 침묵이 뒤따른다. 반딧불이는 여전히 알에서 부화하고 애벌레로 변해 기어 다니고 번데기가 되었다가 고치에서 나와 날개를 펼치지만, 이제는 연두색 불빛을 밝히지 않기로 결정했다. 반딧불이가 어떻게, 언제, 그리고 왜 시각적 침묵을 지키는지 과학자들은 **아직도** 파악하지 못했다. 심지어 반딧불이가 우글거리는 무성한 풀밭에서도 지난 몇 년 동안 불빛과 불빛 **사이의** 공간적 거리와 시간적 간격이 훨씬 길어지고 뜸해졌다. 하지만 우리는 아직도 굴뚝새의 노래를 들으며 경탄할 수 있다. 아직도 나는 다음 한 해 동안 발견될 수많은 곤충 토착종의 이름을 배워야 한다. 그다음 해에도, 그리고 그다음 해에도.

날마다 음울한 기후변화 소식이 전해지고 또 다른 동물이나 식물이 지구상에서 사라졌다는 보고가 들어오는 와중에, 아직 살아 있는 것들을 보살피려면 어디서부터 시작해야 할까? 어떻게 하면 우리가 날마다 지나치는 나무들의 이름을 잘 아는 세상으로 회귀할 엄두라도 낼 수 있을까? 이슬 맺힌 들판 위를 날아가는 '저 새'가 '갈색지빠귀'라는 이름으로, '저 큰 나무'가 개오동나무라는 이름으로 불림으로써 한결 구체적이고 확고한 존재가 되는 세상 말이다. 이런 상황 앞에 무기력을 느낀다면 아마도 작은 일에서부터 시작해야 하지 않을까. 우리가 어린 시절 사랑한 것들로부터 시작해서 어디까지 나아갈 수 있는지 시도해보는 것이다.

나에게 있어 한 마리 반딧불이가 해낼 수 있는 일은 이런 것들이다. 오래전에 잊어버린 줄 알았던 야생당근과 미역취[노란 꽃이 피는 국화과의 여러해살이풀]가 만발한 길가 풍경을, 저 멀리 떨어진 집 창가에서 식어가던 복숭아 파이 냄새를 되살려준다. 다시 한 번 그리스의 섬으로 여행을 떠나 사랑하는 이들과 바닷가에 모여서 매미 울음소리와 미모사 나무를 휩쓸고 지나가는 산들바람을 들으며 식사하는 것처럼 느끼게 한다. 한 마리 반딧불이가 할머니의 뒤뜰에서 듣던 쏙독새 노랫소리의 기억을 일깨우는 불씨가 된다. 청바지를 무릎까지 걷어 올리고 얼음처럼 차가운 시냇물 속에서 온몸이 벌벌 떨리고 숨이 차고 발가락 열 개가 쪼글쪼글해질 때까지 물장구치던 기억도. 그 불씨 속에 느릿함과 정다움이 있다. 들어보라. **우르릉.** 이 소리가 들리는가? 큰화식조가 아직 우리에게 할 말이 있는 모양이다. **우르릉.** 보이는가? 한 마리 반딧불이도 우리에게 뭔가를 전하려 한다. 그토록 작은 불빛이 이토록 중요한 과업의 시작이 될 수도 있다. 반짝이는 반딧불은 가장 시급한 변화를 시작하라고, 이 장엄하고 경이로운 지구를 보존할 수 있게 전환과 격변을 꾀하라고 촉구하는 불씨가 되고도 남는다. 우르릉, 우르릉. 마치 누군가의 심장 소리처럼 들린다. 당신의, 한 아이의, 다른 누군가의. 어쩌면 다른 **생물체**의. 어쩌면 당신은 그 느릿함 속에서 일종의 애정을 느낄지도 모른다. 그리고 아마도 당신의 느낌이 맞을 것이다.

감사의 말
ACKNOWLEDGMENTS

이 책의 일부는 《워터~스톤 리뷰》에 해마다 수록되는 메리델 르 쇠르*Meridel Le Sueur* 에세이로 선보인 바 있습니다. 미네소타주 출신의 작가이자 사회정의에 헌신하여 바깥세상에 알려진 르 쇠르의 작품과 공헌을 기리기 위한 글들이지요.

이 책에 실린 글 중 상당수는 2015년 페미니스트 유머 웹사이트 더 토스트The Toast에서 록산 게이의 주관하에 니콜 청이 편집한 칼럼 「경이로운 세계」를 격월간 연재하며 쓴 것입니다.

그 밖의 문학 웹사이트 및 간행물에 수록된 글들의 목록은 다음과 같습니다.

창작 논픽션 저널《1966》:「고래상어」

《앤드로이트 저널Adroit Journal》:「플라밍고」

《브레비티Brevity》:「회색왕관앵무」

《더 콜라지스트The Collagist》:「빗해파리」

《다이어그램DIAGRAM》:「외뿔고래」

《에코테오 리뷰Eco Theo Review》:「보넷원숭이」,「춤추는개
구리」

《에코톤Ecotone》:「계절풍」,「공작새」

《조지아 리뷰Georgia Review》:「선인장굴뚝새」,「문어」

남부 식생활을 다루는 잡지《그레이비Gravy》:「용과」

《그린피스Greenpeace.org》:「오듀번 버드카운트 데이에 미시
시피주 옥스퍼드에서 조류 관찰을 하며 여섯 살과 아홉 살
난 내 백인 혼혈 아이들이 질문한 것들」

《게르니카Guernica》:「제왕나비」

마치 엑스니스March Xness의 노래에 관한 에세이 연간 특집
호:「최고극락조」

《미시시피 리뷰Mississippi Review》:「포투」

전미도서비평가협회 블로그:「캘린더 포에티카」

《노먼 스쿨Normal School》:「반딧불이」

《옥스퍼드 아메리칸Oxford American》:「카라카라 오렌지」

《세난도어*Shenandoah*》: 「미모사」, 「개오동나무」

《스톤 카누*Stone Canoe*》: 「캘린더 포에티카」

《왁스윙*Waxwing*》: 「리본장어」

《테레인*Terrain*》: 「시체꽃」

《트라이쿼털리*TriQuarterly*》: 「큰화식조」, 「다시, 반딧불이」

나는 일찍이 내 저서들을 사랑과 경이로움의 산물이라고 말한 바 있습니다. 지금 당신이 들고 있는 이 책이 그 사실을 보여주는 가장 명백한 예시가 되길 바랍니다. 나를 지지하고 도와준 다음 분들에게 깊이 감사드립니다.

나의 바카다[barkada, 필리핀어로 '패거리'를 뜻한다]이자 내가 선택한 가족인 조지프 O. 르개스피, 세라 갬비토, 올리버 델라 파스, 존 피네다, 패트릭 로살에게. 여러분 말고는 어느 누구와도 함께 레체 플랑[달걀 푸딩에 캐러멜 소스를 얹은 필리핀식 디저트]을 곁들인 할로할로[필리핀식 빙수]를 먹지 않을 거예요! 마크 스타인왁스, 섀런 웡, 에밀리를 비롯한 밴디트 가족 전원과 밴위센벡 가족에게. 재러드 윌슨, 뎁 크니벨, 세라 서덜랜드, 애머릭 매컬로프, 론 데젠펠더, 크리스포터 배컨과 앨리슨 윌킨슨 배컨에게. 내게 필요했던 고요와 바다를 적시에 제공해준 내털리 바코폴로스와 그리스 창작 워크숍 프로그램의 모든 이에게. 나와 함께 식사하고 나를 응원해준 파슨즈 가족, 조앤 디로사, 에이드리언 마테이카, 매트 델라 페냐, 망가나로 가족, 메러디스 부르스와 그의 가족, 카베 악바르, 페이지 루이스, 패트릭 필립스, 캐밀 던지, 에이다 리몬, 션 힐, 레슬리 휠러, 특히 이 글들을 관통하는 맥락을 깨닫게 해준 키스 레이먼에게. 이 아홀로틀의 초고를 읽어준 로스 게이 혹은 LL 렌틸스에게. 교정용 펜과 진수성찬과 우정을 통해 내게 눈부신 세상을 열어준 베스 앤 페널리에게.

이 소소한 경이의 글들을 받아들여 가다듬고 최초의 독자들을 만나게 한 록산 게이와 니콜 청에게 가장 깊은 감사를 드립니다. 리타 도브, 퍼트리샤 스미스, 제시 리 커시벌, 에밀리 스미스, 캐트리나 밴던버그, 고故 브라이언 도일, 닉 리퍼트라존, 애나 리나 필립스 벨, 제프 쇼츠, 매튜 개빈 프랭크, 리아 울프, 스티븐 처치, 앤더 몬슨, 크리스티나 올슨, 엘리나 패서릴로, 로빈 헴리, 리 마틴, 리고베르토 곤살레스, 조지아 코트, 데이비드 치티노 가족과 이 책에 관한 아이디어를 떠올리게 해준 크리스토퍼 로즈에게도 감사를 표합니다.

미시시피주립대학교 인문대 영문학부의 동료들과 학생

들에게 끝없는 감사와 하얀 꽃이 만발한 목련나무 가지를 전합니다. 경이에 젖어 거닐 공간을 제공해준 존과 르네 그리섬 부부에게, 이 책의 교정 작업 대부분을 아름다운 숲속에서 할 수 있게 해준 맥도웰 예술가마을에 감사합니다. 쿤디먼[아시아계 미국인 작가와 독자를 육성하는 비영리 단체]과 〈쇼토쿼 리터러리 아츠〉, 햄린 대학교, 《오리온 매거진》 편집팀, 코퍼 캐년 프레스, 주디 브로스와 북미 환경교육협회, 애리조나주립대학교의 시 센터, 네바다르노 대학교 인문학 석사과정의 탁월한 작가 레지던스 프로그램, 그리고 바닷가에서 글을 쓸 시간과 공간을 마련해준 플로리다의 에르미타주 아티스트 리트릿Hermitage Artist Retreat에 감사를 드립니다. 조지아 수족관과 몬터레이 수족관, 모트 해양연구소, 넉넉한 기금을 지원한 미시시피 아트 커미션Mississippi Arts Commission에 감사를 전합니다. 블루 플라워 아트의 놀라운 담당자들에게, 내가 세상에서 가장 좋아하는 서점이자 미시시피에 온 뒤로 계속 나를 도와준 '스퀘어 북스'의 직원들에게, 에디 레스터와 크리스 매커릴리 목사님들에게 감사합니다. 뛰어난 재능으로 이 책에 소개된 동식물에 생명력을 부여한 후미 나카무라와 밀크위드 출판사의 야나, 조이, 메리, 리, 한스, 미건, 섀넌, 앨리슨, 베일리, 줄리언에

감사의 말

• 233 •

게도 감사한 마음을 전합니다. 특히 첫날부터 통찰력과 열정, 그리고 인내를 보여준 대니얼 슬래거에게 감사를 전합니다.

이 책과 나의 이야기들을 가장 먼저 믿고 지지해준 남편 더스틴에게. 내 삶의 가장 큰 경이는 바로 당신의 사랑이에요. 내 글과 나의 세계는 당신을 만나면서 확장되었답니다.

파스칼과 재스퍼에게. 나는 너희를 위해, 너희를 향해, 너희를 생각하며 지구에 바치는 이 사랑 노래들을 썼단다. 너희의 착한 마음과 웃음, 작은 발자국은 내게 가장 소중하고 경이로운 존재들이란다.

내 인생에서 처음 만난 시인들이자 내가 아는 최고의 이야기꾼들인 부모님에게. 나를 항상 도서관에 데려가주신 것 고마워요. 그리고 무엇보다도, 내가 바깥세상에서 마음껏 뛰어놀고 탐험할 수 있도록 해주셔서 고마워요.

옮긴이
신소희

서울대학교 국어국문과를 졸업하고 출판 편집자로 일했다. 지금은 다양한 분야의 책을 번역하고 있다. 그동안 옮긴 책으로 『야생의 위로』, 『피너츠 완전판』, 『개와 고양이를 키웁니다』, 『엉망인 채 완전한 축제』, 『에피쿠로스의 네 가지 처방』, 『여자 사전』 등이 있다.

나는 아직 여기 있어

초판 1쇄 인쇄 2023년 3월 7일
초판 1쇄 발행 2023년 3월 27일

지은이 에이미 네주쿠마타틸
옮긴이 신소희

발행인 | 고석현
발행처 | (주)한올엠앤씨
등 록 | 2011년 5월 14일
편 집 | 최미혜
디자인 | 전종균
마케팅 | 소재범

주 소 | 경기도 파주시 심학산로 12, 4층
전 화 | 031-839-6805(마케팅), 031-839-6814(편집)
팩 스 | 031-839-6828
이메일 | booksonwed@gmail.com
ISBN | 978-89-86022-69-8 (03800)

밖에서 만든 사람들
본문 디자인 | 기경란